나도향을 읽다

나도향을 읽다

박기호 지음

머리말

예술가들 중에는 천재적인 능력이 있는데도 불구하고 요절하여 사람들의 안타까움을 자아내는 경우가 있다. 우리 문학계에서는 1920년대에 활동하다가 사라진 나도향이 그런 경우에 해당한다. 나도향은 불과 스물한 살의 나이에 《환희》라는 장편소설을 써서 일약 '문학계의 천재'라 불렸다. 하지만 그의 문학 활동은 5년밖에 이루어지지 않았고, 스물다섯의 나이로 생을 마치게 된다. 그의 죽음을 얼마나 안타까워했는지는 수많은 문인들이 남긴 추모의 글을 보면 짐작할 수 있다.

나도향의 삶은 고독과 허탈 속에서 가난과 방랑과 질병으로 점철된 기구한 인생이었다. 착해 보이지만 별로 호감을 주지 못하는 나도향의 거무튀튀한 외모에서 오는 열등감과 고독과 실연은 그의 삶과 문학에 커다란 영향을 미친다. 그는 초기에 낭만주의적 경향을 보이다 사실주의로 나아간다. 본능과 물질에 대한 탐욕 때문에 갈등하고 괴로워하는 인간의 모습을 객관적이고 사실적으로 보여주었다.

이 책에서는 그의 대표작이라 할 수 있는 단편소설 〈벙어리 삼룡이〉, 〈물레방아〉, 〈뽕〉과 중편소설인 〈지형근〉을 뽑았다. 〈벙어리 삼룡이〉에서는 머슴이자 벙어리인 삼룡이가 온갖 멸시와 냉대 속에서도 주인 아씨를 향한 숙명적이고 순애보적인 사랑의 처절함을 보여준다. 〈물레방아〉에서는 운명의 수레라 할 수 있는 물레방아를 통해 덧없이 반복되는 인생의 숙명성을 보여주고 있다. 〈뽕〉에서는 인물들의 탐욕적 본능과 물질적 욕구가 빚어낸 윤리의식의 타락 및 비정상적인 부부 관계를 비판적으로 그리고 있다. 〈지형근〉에서는 몰락한 양반을 통해, 신분에 의해 계층화되었던 사회가 붕괴되고 경제력에 의한 계층 분화 현상이 나타나던 당시의 세태를 보여주고 있다.

이 책은 비운의 천재 작가인 나도향의 문학 세계와 소설들을 더 쉽게 만날 수 있도록 안내한다. 이 책을 읽으며 나도향의 삶을 이해하고 그의 소설이 지닌 매력과 가치를 느낄 수 있었으면 좋겠다.

박기호

차례

나도향의 삶과 작품 세계

나도향의
삶과 문학

'도향' 이라는 이름의 유래

나도향은 1902년 3월 30일 지금의 서울시 용산구 청파동에서 아버지 나성연과 어머니 김성녀 사이의 13남매 중 장남으로 태어났다. 그의 집안은 증조할아버지 때부터 의학에 종사해 온 중인 계층 집안이었다. 그의 할아버지 나병규는 한의사였고, 아버지 나성연도 외과 병원을 개업한 양의사였다. 명의로 이름을 떨쳤던 할아버지는 매우 엄격했다.

나도향의 본명은 경손이다. 그 이름은 당대 명의였던 할아버지 나병규가 환갑을 맞던 해에 맏손자를 보게 되자, 그와 결의형제를 맺었던 철원 출신의 독립운동가 조종대가 지어준 이름이다. '경사스러운 손자가 되라' 는 뜻이라고 한다. 하지만 도향은 이 이름을 마음에 들어 하지 않았다.

나의 친구 박월탄 군을 하루는 찾아가서 이 이야기 저 이야기 하다가 나의 별호 고쳐 지을 생각 있다는 말을 하니까, 군이 그러면 자기가 하나 생각하여 보겠다고 하므로 그렇게 하여 달라고 의탁한 후 그 이튿날 간즉, 별호를 한 십여 개 지어놓았다. 그것을 내놓으며 이 중에서 어느 것이든지 마음에 드는 대로 골라잡으라는데, 어떻게도 많은지 그놈이 그놈 같고, 이것이 마음에 들면 저것이 솔깃하여 갈피를 잡지 못하다가 마침내 고른 것이 지금 내가 쓰는 '도향'이라는 것이다.

〈별호〉에서

'도향'은 월탄 박종화에게서 비롯한 이름이다. 《홍루몽》의 '도향촌'에서 따온 것인데, '도향'은 '벼의 향기'라는 뜻이다. 벼는 사람의 인생에서 유익한 것으로, 들판에 물결치는 벼의 향기와 같은 존재가 되기를 바란다는 의미를 담고 있다. 하지만 이 이름에 대해서 그의 집안에서는, 잠시 떠돌다가 사라지는 '향기 향(香)' 자를 넣어 그가 일찍 죽었다며 싫어했다고 한다.

문학청년 나도향

경제적으로 무능한 아버지와 가부장적인 할아버지 밑에서 자란 나도향은 당시 기독교 청년회관(지금의 YMCA)에 설치되었던 공옥보통학교를 1914년 3월에 졸업하고, 1914년에 배재학당에 입학

한다. 배재학당을 수료한 후에 시험을 쳐서 편입한 후 다시 1918년 배재고보를 졸업한다. 배재고보 시절에 교우지 《협성회보》의 편집일을 맡아보았으며, 그의 처녀작인 〈출학〉을 《배재학보》2호에 발표하기도 하면서 문학에 대한 꿈을 키운다.

배재고보에 다닐 때 '산현'이라는 일본인 노선생이 있었는데, 자기 시간에는 늘 문학 이야기만 했다고 한다. 나도향은 그 선생님의 가르침에 깊은 영향을 받아 문학에 더욱 관심을 가지게 되었다. 아울러 배재고보 동창이었던 박영희, 김기진, 방인근 등과 문학 토론을 벌이기도 했다.

> 배재학교 뒤뜰에 유명한 노송 밑에서 지금은 세상에서 없어진 도향 군의 검은 얼굴을 때때로 발견하였다. 군은 어느 때나 100점이라고 주서한 작문지를 나에게 보이면서 자긍하였다. 아마 군은 소설가의 길이 이곳에서 싹이 트기 시작한 듯하다. 만나면 무슨 책을 보았다고 서로 이야기하였으나, 그는 대개가 소설이고 나는 전부가 시였다.
>
> 박영희, 〈문학청년 시대〉에서

박영희는 나도향과 함께 방과 후에 교정의 노송 아래에서 토론을 벌이며 문학에 대한 꿈을 키웠다고 한다. 이들이 토론한 주된 대상은 청춘이었다. 이때 발표한 〈출학〉은 이런 나도향의 문학적

열정을 보여준 최초의 작품으로, 감상적이고 낭만적인 경향을 지닌 습작이다. 나도향은 함께 문학 공부를 했던 박영희, 김기진과 더불어 졸업 후에《백조》동인의 주축이 된다.

또한 나도향이 문학에 관심을 가지게 된 데는 그의 누나였던 나정옥의 영향도 컸던 것으로 보인다. 나도향은 1921년《조선일보》에 연재한 모든 글에 '은하'라는 필명을 사용한다. 이와 관련하여 나도향은 〈별호〉라는 글에서, 누나의 별호가 '만하'인 까닭에 그를 따른 것이라고 밝히고 있다. 누나 나정옥이 문학을 전공한 것은 아니다. 나정옥은 음악을 전공하여 '음악선전연구회'와 함께 지방 순회공연을 다니기도 했다.

나도향의 〈별을 안거든 우지나 말걸〉이라는 소설 앞머리에는 "건반 우에 피곤한 손을 한가히 쉬시는 만하 누님에게 한 구절 애달픈 울음의 노래를 드려볼까 하나이다."라는 말이 적혀 있다. 이런 점에서 나도향이 문학에 뜻을 둔 데는 나정옥의 영향이 컸음을 짐작할 수 있다.

1차 일본 유학

나도향은 문학에 뜻을 두고 있었지만, 배재고보를 졸업하고 할아버지의 뜻에 따라 경성의전(지금의 서울의대)에 입학하게 된다. 가업을 잇기를 원하는 집안 분위기 때문에 의전에 가기는 했지만,

나도향은 의학 공부를 등한시하다가 중퇴하고 만다. 학교 공부는 거의 하지 않고 밤새워 소설과 시를 읽었으며, 혼자서 《문우》라는 잡지를 만들기도 했다.

　나도향은 1919년 3월 1일 할아버지가 고종의 장례에 참배하러 간 사이에 할아버지의 장롱에서 돈을 훔쳐 일본으로 건너간다. 와세다대학 영문과에 입학하여 문학 수업을 받기 위해서였다. 문학에 대한 열정으로 무작정 일본까지 건너가긴 했으나, 현실적인 대응책이 전혀 없었다. 결국 몇 달 지나지 않아 돈이 떨어진 나도향은 다시 한국으로 되돌아오게 된다.

안동에서의 교사 생활

나도향은 일본 유학에 실패하고, 1920년에 안동으로 내려가서 보통학교 교사로 근무하게 된다. 이곳에서 지낸 것은 오로지 경제적인 이유 때문이라고 하지만, 그는 문학에 대한 열정을 불사르면서 〈청춘〉이라는 작품을 쓰기도 했다. 한창 감수성이 예민했던 나도향은 일본 유학의 꿈도 좌절되고, 가정에서도 소외되고, 아무 연고도 없는 타향에서 외롭게 지내면서 감상적·비관적 성향을 갖게된다.

　모든 사람이 모든 인생의 국부 해부학 연구자이다. 인생 전체를 완

전히 다 해부하고 연구한 자는 볼 수가 없다. 모두 다 자기의 환경, 자기의 성격에 따라서 자기의 주의, 자기의 학설이 제창되는 우리 인생이다. (중략) 그렇다면 만물 영장이 불쌍하지 아니한가. 참으로 불쌍하다. 떠들며 날뛰는 것이 우주의 한번 돌아가는 것으로 (중략) 나는 불쌍한 인간 중에 불쌍하다.

〈비관주의적 운명론자의 고백〉에서

안동에서 교사 생활을 하면서 박종화에게 보낸 편지를 보면 당시 나도향의 마음을 짐작할 수 있다. 인생은 모두 다 자기의 환경과 성격에 따라 결정되는 것이라고 단정한다. 자기는 불쌍한 인간 중에도 불쌍한 사람이라는 비관적인 생각을 드러내고 있다. 나도향은 그곳에서 일본인 여교사를 사랑하게 되지만, 이마저도 실패로 끝난다. 그가 쓴 〈청춘〉이라는 작품은 이 사랑을 소재로 하여 쓰인 것이라고 한다. 이 소설에서 보여주는 것처럼, 이때 나도향은 모든 인습의 속박에서 벗어나고자 하는 강한 몸부림을 하고 있었던 듯하다.

《백조》 동인 시절

1921년 상경한 나도향은 현진건, 홍사용, 이상화, 박영희, 박종화 등과 교제하며 《백조》 동인으로 문단에 참여한다. 《백조》 동인들은 3·1운동 이후 싹튼 병적이고 퇴폐적인 시대상을 바탕으로 애수, 비탄, 자포자기 등을 작품의 주제로 삼는 경향을 보였다. 나도향은 《신민공론》 12월호에 〈추억〉을 발표한 데 이어, 1922년 1월 《백조》 창간호에 〈젊은이의 시절〉을, 2호에 〈별을 안거든 우지나 말걸〉 등을 발표했으며, 1922년 《동아일보》에 장편 《환희》를 연재하기 시작했다.

여기는 꽃이 다 져버렸나이다. 웃는 듯하고 우는 듯한 그 꽃은 벌써 다 졌나이다. 저는 다만 유연한 쌍안으로 무언한 그 꽃만 바라보았나이다. 그 꽃은 저를 보고 우셨는지 울었는지 성냈는지 토라졌는지 어떻든 말없이 있더이다. 바람이 불어서 시름없이 그의 치맛자락을 벗어 내던질 때까지 그는 다만 무언이었나이다.

〈육호잡기〉에서

〈육호잡기〉는 《백조》 2호에 실린 글로, 당시 그의 감상주의적 낭만성을 잘 드러내고 있다. 웃는 듯도 하고 우는 듯도 한 꽃이 지는 것을 보고 슬퍼하는데, 아무 말 없는 꽃을 바라보며 자신의 열정을 발휘할 수 없는 세상에 대한 안타까움을 느꼈을지도 모른다. 그가 지닌 이런 낭만성은 그의 초기작들에서 두드러지는 한 특징으로 자리 잡게 된다.

《동아일보》에 연재한 장편 《환희》가 젊은 층에게 인기를 얻으면서, 나도향은 스무 살 나이에 천재라는 칭호까지 누리게 된다. 이 무렵 그는 천재 작가의 기질을 유감없이 발휘하여, 하루에 삼사십 매의 원고지를 메웠다고 한다. 이러한 속필 때문인지, 이 시기의 작품들은 영탄과 감상에 빠진 다소 거친 작품이라는 평가를 받기도 한다.

1923년에는 나도향 가족의 생계를 도맡아 오던 할아버지가 독립운동에 연루되어 수감되었다가 풀려났다. 이로 인해 할아버지가 병석에 눕게 되자 가세가 급격히 기울고, 이듬해 결국 할아버지가 사망한다. 이때부터 나도향은 극심한 생활난을 겪으며 우울하고 힘든 나날을 보낸다.

그는 서울 장안에 제 집이라고는 있기는 있으면서 외로운 그림자를 이끌고 하숙으로, 여관으로 다니던, 문자 그대로 '역려과객(逆旅過客)'이었던 것이다. 그러므로 그의 작품들은 따뜻한 제 집에서 쓴 것도 아니요, 또 조용한 서재에서 쓴 것도 아니었다. 그는 원고지와 잉크병을 들고 다니며, 하숙이나 여관에서 고독을 씹을 대로 씹어가면서 자기 작품을 썼던 것이다.

이은상, 〈도향 회상〉에서

나도향은 '세상은 여관과 같고, 인생은 나그네와 같다'는 말을 몸소 보여준 사람이다. 하지만 이는 생계를 유지하기 위한 절실한 현실 문제에 부딪힌 결과이다. 이렇게 고독과 실연, 여관 생활, 친구의 하숙방 생활, 방랑 생활 속에서 그의 작품 세계도 달라지게 된다. 감상적 낭만주의 경향에서 현실을 객관적으로 바라보는 사실주의적 경향으로 바뀐 것이다.

2차 일본 유학

나도향은 1924년 4월부터 약 1년 남짓《시대일보》사회부 기자로 활동하기도 했다. 1925년《여명》편집 동인으로 참가했던 나도향은 이 기간 동안 사실적 경향을 띠었다고 평가받는 일련의 작품들을 발표한다.

1925년 한 해 동안 여러 편의 소설을 발표한 나도향은, 그사이에 모은 원고료를 가지고 다시 일본 유학에 나선다. 그는 문학 수업을 받기 위해 동경의 고학생들이 모여 사는 '우애학사'를 거처로 삼아 염상섭, 이태준, 이은상 등의 문인들과 함께 지낸다. 이무렵 나도향의 아버지는 서울에 외과를 개업하고 있었지만, 동경에 있던 그에게 별 도움을 주지 못했다. 결국 나도향은 가난과 폐결핵과 실연 등의 고통 속에 몇 달을 지내다가 지친 몸을 이끌고 다시 귀국하고 만다.

작년 1월 19일 정오쯤 해서 나는 동경역에 내렸었다. 플랫폼 밖에

후줄근한 일복(日服)에 발을 벗고 우산을 들고 섰는 도향이 내 눈 앞에 나타났다. 비가 와서 벗은 발은 흙에 더럽고, 우그려 쓴 캡 밑에서 유난히 반짝대는 두 눈은 한층 더 옴푹 패여 보였다. 안색이 초췌함은 현저히 띄었거니와 차차 생활의 내용을 보니 여간한 인색(因塞)이 아니었다.

염상섭, 〈병중의 도향〉에서

당시 나도향을 찾아가서 만났던 염상섭이 회고한 내용이다. 나도향은 2차 일본 유학에서도 역시 가난했다. 신발도 신지 못하고 안색이 초췌한 모습에서 경제적으로 어려움을 겪고 있음을 알 수 있다. 나도향을 괴롭힌 것은 경제적 문제뿐만이 아니었다. 일본에 오기 전부터 앓아왔던 결핵이 가난으로 인해 더 심해진 것이다. 여기다 실연의 상처까지 더해지며 그가 느낀 좌절감과 아픔은 배가되었을 듯하다.

결핵과 죽음

나도향은 1925년 말부터 폐결핵을 앓은 것으로 추정되는데, 일본 유학 생활로 병세가 더욱 악화되었다. 나도향은 친구들에게 자신의 병이 깊어갈 때까지 결핵이라고 알려지는 것을 꺼렸다. 친하게 지내던 염상섭과는 술이나 차를 마시는 잔을 같이 사용하기도 했지만, 여러 사람과 식사를 할 때는 각별하게 주의를 했다. 함께 하숙한 이태준에게는 자신이 각혈하는 사실을 비밀로 해달라고 했다. 그는 이렇게 병고와 가난에 시달린 끝에 초췌한 모습으로 다시 서울로 돌아온다.

그 말을 채 맺기도 전에, 어머니는 벌떡 일어나 마당으로 뛰어 내려가셨다. 마당에는 거지가 소리 없이 들어와 있었다. 어린 나도 놀랐다. 그 거지는 딱딱한 밀짚모자에다 검은색 일본 옷을 입었으며, 게다짝을 끌고 비를 맞으며 온 모양이었다. 그 얼굴은 핏기가 하나도 없는 초라한 거지 모습 그대로였다.

'나도향의 동생 나명식의 회고'에서

나도향은 친구들 덕분으로 봉원사 승방에 거처를 마련한다. 하지만 악화된 병세는 전혀 나아질 기미를 보이지 않았다. 결국 결핵이 악화되어 서너 달 병석에 누워 있다가 1926년 8월 26일 오후 1시에 사망하고 만다.

나도향의 삶은 고독과 허탈 속에서 가난과 방랑과 질병으로 점철된 기구한 인생이었다. 성장 과정에서 겪은 고독, 불만, 소외감, 실연, 병고 등이 나도향의 성격과 그의 문학 세계에 큰 요인으로 작용했을 것이다. 그의 평생소원은 두 가지였는데, 하나는 문학 공부요, 또 하나는 일본에서 만난 조선 여인에 대한 사랑을 실현

하는 것이었다. 천재 문학가로 불리던 그는 이 두 가지를 모두 이루지 못한 채 스물다섯 살의 나이로 세상을 떠났다.

나도향 부고 기사

나도향 씨 영면

25세의 청춘을 일기(一期)로 어제 오후에 이 세상을 떠나 문단에 일대 손실

아름다운 문장과 뛰어난 재질(재주와 기질)로 우리 문단에 밝은 별과 같이 번쩍이던 나도향 씨는, 문예를 더욱 연구하고자 작년 8월경에 동경으로 건너갔다가 수토불복(물이나 풍토가 몸에 맞지 않아 위장이 나빠짐)으로 위장병을 얻어 중태에 빠지자 지난 4월에 귀국하여 시내 남대문통 오정목 31번지 자택에서 지금까지 치료에 전력하던 중, 그 보람도 없이 26일 오후 1시에 25세를 일기로 흐르는 별과 같이 이 세상을 떠나고 말았는데, 서른도 못 되어 애처롭게도 요절한 나도향 씨의 원한과 그 가족의 슬픔도 슬픔이려니와, 나도향 씨에게 힘입음이 많고 기다림이 많던 우리 문단에 실로 큰 소실이라 하겠더라.

약력

나도향 씨는 일찍이 배재학당을 우월한 성적으로 졸업하고
의학전문학교에 입학하였다가, 취미에 맞지 않은 까닭에
중도 퇴학한 후 동경으로 공부하러 가서 영어와 문학을 연
구하다가, 지금으로부터 4년 전 문예잡지 《백조》가 발간되
자 그 동인으로 좋은 작품을 계속 발표하여 우뚝한 광채를
발하였으며, 시대일보 기자로 재직한 일도 있었고, 몇 해
전 연재하여 청춘남녀를 열광케 하던 장편 《환희》는 나도
향 씨의 19세 창작이니, 그 재질과 역량은 실로 경탄할 만
하였고, 그 외 단편의 명작이 많았으며, 병상에서 신음하면
서도 영면할 때까지 창작의 붓을 놓지 않았다고 한다.

《조선일보》 1926년 8월 27일자

나도향의
여인과 실연

나도향의 외모와 성격

나도향은 천재 작가로 이름을 알렸지만, 25세로 생을 마친 불우한 작가였다. 고독과 방랑과 가난과 병고에 시달린 인생이었다. 몇 번 있었던 연애와 사랑도 모두 실연으로 끝난 불우한 사내였다.

왜 이렇게 나도향은 자신이 짝사랑한 사람들과 맺어지지 못하고 실연하게 된 것일까? 그에 대한 기록이 많이 남아 있지 않아 자세한 내막을 알 수 없지만, 지인들이 남긴 나도향에 대한 이야기를 통해 어느 정도 짐작할 수 있다.

나도향은 크지는 않지만 단단한 체구에 거무튀튀한 피부를 가졌다. 넓은 이마, 뭉툭한 코, 큰 귀…… 특히 그의 눈빛이 빛나서 어렸을 때부터 칭찬을 받았다고 한다. 하지만 그는 잘생기지 않은 외모에 대해서 약간의 열등의식을 지니고 있었다고 한다. 그는 자신을 추남으로 생각했는데, 문단에 나온 이후에도 사진 찍기를 싫어할 정도였다.

머리와 수염 오래 깎지 않고, 칼라 자주 갈아대지 않고, 우들우들하고 검으테테한 사람이 좀 몰취미하게 보이지마는, 속살은 상긋 웃으며 고운 목소리로 이야기하는 것을 보면 다정다애하다. 창가 잘하고 잘하는 것이 많은데, 총각인 것이 불만이나 한편 생각하면 귀하기 짝이 없다. 군의 연애, 결혼, 가정에 대한 관념은 좀 독특한 맛이 있는 모양인데, 공개는 않고 끙끙하고 있으니 사람 갑갑한 일이다.

〈문사들의 이 모양 저 모양〉에서

1924년《조선문단》 창간호에 실렸던 글로, 당시 문인들의 동정을 밝히면서 나도향에 대해서 묘사해 놓은 내용이다. 나도향은 다정다애하고 재주가 많고 착해 보이지만, 외모와 옷차림에 신경을 쓰지 않고 거무튀튀한 모습에서 별로 호감을 주지 못했을 듯하다. 그가 아직 총각으로 있는 것이 불만이라는 점에서도 이런 점을 알 수 있다. 하지만 그는 자신의 속마음을 털어놓지 않는 성격이라 사람들이 궁금해하고 있는 것이다.

그를 처음 만난 김동인이 나도향의 인상을 "메리야스 양복(신축성이 좋은 옷감으로 만든 양복)에 시커먼 얼굴, 부리부리한 눈이 마치 고등계 형사같이 험상궂게 생겨서 꽤 불쾌했다."라고 말한 것으로 보아서도 그의 외모를 짐작할 수 있다. 이은상은 나도향에 대해 "고달픈 회의의 인간이며, 지적으로 늙은이였으며, 냉정하고도 깔끔거리고, 이지적이요 또 내성적인 인물이었다."라고 밝히기

도 했다. 나도향이 나이 들어 보이고 험상궂게 생긴 외모를 지녔
지만 이지적이고 내성적인 인물이었음을 알 수 있다.

이 나이보다 늙어 보이는 것이 나에게는 언제든지 일종의 비애를
누리게 하는 것이다. 천재는 조숙이라는 말이 있으니까 혹 적이 위
안이 될는지는 모르지만, 나는 천재라는 명예를 얻을 만치 천부한
은총을 타고났는지 그것도 시인치 못하거니와, 만일 나더러 천재
가 되어서 요절을 하거나 또는 남이 사는 것만치 생을 향락치 말라
한다면 나는 그까짓 천재라는 것은 헌신짝만큼도 생각지 않고 내
버릴 것이다.

〈하고 싶은 말 무엇〉에서

나도향은 자기 스스로 늙어 보이는 외모 때문에 비애를 느끼고
있음을 알 수 있다. 자신이 천재라고 불리기 때문에 혹시 조숙한
것은 아닌가 하고 생각하지만 그것에 대한 확신은 없다. 그리고 그
는 여느 사람처럼 인생의 행복을 맛보면서 오래 살고 싶어 했다.

나도향의 연애관
도향은 몇 번이나 연애를 했다가 실연하면서, 사랑이란 즐거움과
고난이 한꺼번에 따른다는 사실을 알았다. 또 그는 사랑에 대해서

남다른 도덕적인 자세를 지향했다고 한다.

연애라는 것이 우리 인생에게 얼마나 큰 힘을 가지고 있는지 여기
서 다시 말할 것도 없거니와, 연애 문제를 말하려면 여기에 제한
한 10편의 원고지로는 물론 핍진한 말을 할 수가 없을 것이다. (중
략) 더구나 일생을 통하여 목숨이 끊어지는 때에야 비로소 나의 생
명과 함께 떠나갈 문제를 벌써부터, 십 분이면 일도 경험하기 전에
의견을 말하기가 어려운 일일 것이다.

〈내가 믿는 문구 몇 개〉에서

그가 자신의 생각을 말한 글에서 엿볼 수 있듯이, 그에게 연애
는 인생에서 가장 큰 힘을 가지고 있는 문제였다. 일생을 통해 목
숨이 끊어지는 때에야 비로소 생명과 함께 떠나갈 문제라고 본 것
이다. 이와 같은 인식은 당대의 자유연애 사상과 관련이 있고, 근
대적 주체가 되기 위해서 연애가 통과의례처럼 받아들여지던 시
대적 분위기와도 관련이 있다. 하지만 그가 실제로 경험한 연애는
쓰디쓴 것이었다.

작품 속에 반영된 연애 경험
이은상은 나도향이 동경에서 겪은 실연의 경험에 대해 다음과 같

이 말했다.

도향이 여성을 끌어올 수 있는 아무런 요건도 갖추지 못했던 때문이다. 지위도 없었다. 학벌도, 가문도, 돈도, 아무것도 없었다. 그러나 그 모든 것보다도 가장 큰 악조건은 그의 얼굴 생김이 미모에서는 너무도 거리가 멀었던 그것이기도 했다. 그렇기 때문에 나는 혹시 그의 말기 작품인 〈벙어리 삼룡이〉야말로 거기에 작자 자신의 자학적인 심리조차도 작용되어 있지 않았나 하고 나 혼자 생각해 보기도 했다.

이은상, 〈도향 회상〉에서

나도향은 문학에 대한 열정으로 두 번째 일본 유학을 가게 된다. 하지만 첫 번째 유학과 마찬가지로 경제적으로 어려운 상황에 놓여 있었다. 그런 와중에 동아일보 기자였던 최씨를 사랑하여 고백하지만 거절당한다. 이런 모습을 보고 친구인 이은상은 도향이 실연한 것은 요건을 갖추지 못하고 특히 못생긴 얼굴 때문이라고 판단한다. 아울러 이은상은 '벙어리 삼룡이'야말로 도향이 자기 자신의 모습을 반영하여 표현한 것이 아닌가 생각한다. 만약 그렇다면 나도향은 자신의 현실적 사랑의 패배를 벙어리 삼룡이의 행위를 통해 표출하고 다른 세계에서라도 성취하고자 하는 의지를 반영한 것은 아닐까?

그가 처음 쓴 장편인 《환희》에서도 남녀 간의 애정과 갈등이 삼각 구도로 그려지고 있다. 주인공 혜숙은 여학교에 다니는 신여성인데, 김선용과 백우영이라는 대조적인 인물을 만나게 된다. 김선용은 사촌 오빠가 아끼는 문학청년으로, 가난하고 용모는 볼품없으나 일본에서 공부하고 있다. 백우영은 은행가의 아들로서 부유하고 용모가 준수하다. 혜숙은 이 두 청년 사이에서 고민과 갈등에 휩싸인다.

자기 오라버니가 칭찬하는 김선용은 얼굴 검고 머리 길고 아무렇게나 지은 조선옷을 입고 시골 냄새가 도는, 보기에 아름답다 할 수 없는 청년이다. 혜숙은 백우영과 김선용을 많이 대조하여 보았다. 백우영이 인물 곱고 맵시 있는 것을 바라볼 때 도리어 '백우영이가 김선용이었으면 좋을 걸' 하는 생각이 자꾸자꾸 났다.

《환희》에서

여기에서 김선용은 나도향이 자신의 분신으로 나타낸 것은 아닐까? 문제는, 결국 혜숙이 백우영과 결혼하지만 후회하면서 산다는 것이다. 나도향은 자신의 사랑이 이루어지지 않은 것에 대해 소설 속에서나마 상대가 후회하는 것으로 묘사하고 있는지도 모를 일이다.

나도향이 "사랑을 돈 주고 살 수 없으나 돈 없이 사랑을 할 수는 없고, 이것이 현대인의 고통이며 비관이다."라고 말한 것에서 자신의 비극적 상황과 처지를 엿볼 수 있을 듯하다.

일본 여교사와의 연애

나도향은 일본 유학에 실패한 뒤에 생계를 위해서 안동으로 가서 교사 생활을 한다. 이때 일본인 여교사 마쓰모토와 교제하게 된다. 하지만 당시 조선인과 일본 여교사와의 결혼은 사회적으로 받아들이기 힘든 일이었다. 그래서 끝내 헤어진다. 이때의 경험을 바탕으로 쓴 작품이 〈청춘〉이다.

> 사랑하는 유군! (중략) 군이 사랑에 눈뜨거든 먼저 사랑을 얻으라.
> (중략) 사랑을 위하여 너의 인생을 수고롭게 하라! 그리하여 그 사
> 랑을 얻은 후에 군에게 생의 광명을 얻을 수 있는 것이며 절대의
> 세력을 부여하는 신앙이 생길 것이다.
>
> **〈청춘〉**에서

이 작품을 통해 나도향의 자유연애 사상을 엿볼 수 있다. 참사랑을 실현하는 자만이 참사람이며, 참사람이야말로 인생의 최고의 이상으로 본 것이다. 참사랑은 신분을 초월한 사랑이며, 아무런 목적이 없는 지순한 것이라고 본다. 이 작품은 어쩌면 국적이

라는 사랑의 장애물을 극복하지 못한 실연의 상처를 이기기 위한 몸부림으로 쓴 것이 아닐까?

기생 단심과의 연애

나도향이 장편 《환희》를 연재하던 무렵에 '단심'이라는 기생을 알게 된다. 그는 《백조》 동인으로 활동할 때 단심과 깊은 관계였다. 그는 포주에게서 기생 단심을 빼내 올 만한 돈이 없어서 몹시 한탄했다고 한다. 포주는 끝내 단심을 지방으로 보내버렸는데, 그러면서 둘 사이는 자연히 멀어지게 되었다.

> 나도향이 기생 단심이와 깊은 사랑을 맺고 동거함으로써 (중략) 단심은 미인이라기보다 육체파요, 요부형의 말괄량이였다. 몸집이 남자 못지않게 거대했던 단심은 주먹 힘이 세기로도 유명하였으며, 나이도 도향보다 몇 살 위였다. (중략) 나도향은 이른바 파계를 한 것이었다.
>
> **김동환, 〈새 자료로 본 도향의 생애〉에서**

김동환의 평에 의하면, 단심은 강한 여자였을 듯하다. 《환희》를 발표할 당시에 단심이 나도향 옆에 있었지만, 이 여인의 모습이 반영된 작품은 〈물레방아〉가 아닐까? 육체적이고 요부형인 단심

의 모습이 '무섭도록 이지적이면서 창부형'인 〈물레방아〉 속 방원
의 아내와 유사하기 때문이다.

마산에서의 연애

1925년, 나도향이 마산에 머물 때 장영옥이라는 여성을 알게 되어
그녀를 짝사랑했다. 그러나 하필 이즈음에 폐결핵에 걸려 장영옥
에 대한 마음을 단념하고 만다.

> 만나면 만날수록 나의 가슴속에는 오뇌와 번민이 고조될 뿐입니
> 다. 아아! 안 만나겠습니다. 다시는 안 만나겠습니다. 죽음이 가까
> 운 사람이 어찌 영옥의 생활까지 침범하려는 대담한 마음을 갖겠
> 습니까? 내가 참으로 영옥을 사랑하니까 그와 만나지 않으려는 것
> 입니다. 가지고 가지요. 나의 관 뚜껑을 덮을 때 나의 가슴에는 그
> 의 사랑을 가지고 영원히 가렵니다.
>
> 〈피 묻은 편지 몇 쪽〉에서

나도향은 이은상의 고향인 마산에서 몇 개월 지내게 된다. 이때
는 이미 결핵이라는 병마와 싸우고 있을 때다. 〈피 묻은 편지 몇
쪽〉은 자신의 체험을 바탕으로 한 작품으로, 자신의 병과 사랑을
감상적으로 그리고 있다. 소설에서 '나'와 장영옥의 사랑은 '나'의

병마로 인해 이루어지기 어려운 상황이다. 여기에서는 '나'가 상대방을 위해서 스스로 떠나가려는 마음을 가진다는 점에서 이전에 겪었던 나도향의 실연과는 다른 양상을 보여주고 있다.

동경에서의 연애

마지막은 일본 동경에서 신식 여성과의 로맨스였다. 하지만 이도 결국 짝사랑으로 끝나고 만다. 나도향은 2차 일본 유학을 가서 여기자인 최씨를 사랑하게 된다. 그녀는 얼굴도 예뻤지만 동경여자사범학교를 나온 수재에다 글재주도 있어서 유학생들 사이에서 연모의 대상이었다고 한다. 나도향은 학업도 포기한 채 열심히 구애했지만, 그녀는 나도향을 친구 이상으로 생각하지 않았다. 나도향은 그녀를 두고 다른 남자와 라이벌이 되어 경쟁하지만, 끝내는 경제적 차이 때문에 실연하게 된다.

어떤 여자를 두고 시조 3편을 쓴 것을 내어보이며 한결같은 너털웃음을 내놓았으나 모든 것을 농조로 넘기려는 자기 조소, 자기 냉소가 섞인 것이 분명하였다. 그날 밤에 둘이 상야공원으로 돌아다니며 막차를 겨우 탈 때까지 통음 쾌담(痛飮快談)으로 반(半)밤을 보냈었다.

염상섭, 〈병중의 도향〉에서

이 글에서 볼 수 있듯이, 나도향은 그 무렵 한 여인을 짝사랑한다. 그는 그 여인에 대한 사랑을 시조로 쓰거나, 절절한 심정을 편지로 써서 염상섭에게 보내거나, 같은 방 동료인 이태준에게 읽어주곤 했다고 한다. 짝사랑과 실연에서 오는 아픔은 그를 낙담과 절망의 늪에 가라앉게 했다. 이에 나도향은 실연의 아픔을 뒤로하고 귀국을 하게 된다. 그리고 얼마 지나지 않아 허무하게 외로이 세상을 떠났다.

02

나도향
작품
읽기

벙어리 삼룡이

물레방아

뽕

지형근

벙어리 삼룡이

물레방아

뽕

지형근

벙어리 삼룡이

1

내가 열 살이 될락 말락 할 때이니까 지금으로부터 십사오 년 전 일이다.

지금은 그곳을 청엽정*이라 부르지마는 그때는 연화봉(蓮花峰) 이라고 이름하였다. 즉 남대문에서 바로 내려다보면 오정포*가 놓여 있는 산등성이가 있으니, 그 산등성이 이쪽이 연화봉이요, 그 새에 있는 동리가 역시 연화봉이다.

지금은 그곳에 빈민굴이라고 할 수밖에 없이 지저분한 촌락이 생기고 노동자들밖에 살지 않는 곳이 되어버렸으나, 그때에는 자기네 딴은 행세한다는* 사람들이 있었다.

집이라고는 십여 호밖에 있지 않았고, 그곳에 사는 사람들은 대

---

* **청엽정**(青葉町) 오늘날 서울 용산구 청파동에 해당함.
* **오정포** 한말과 일제강점기에 정오를 알리던 대포.
* **행세하다** 권력이나 힘을 부리다.

개 과목밭*을 하고, 또는 채소를 심거나 그렇지 아니하면 콩나물을 길러서 생활을 하여갔었다.

여기에 그중 큰 과목밭을 갖고 그중 여유 있는 생활을 하여가는 사람이 하나 있었는데, 그의 이름은 잊어버렸으나 동리 사람들이 부르기를 오 생원이라고 불렀다.

얼굴이 동탕하고* 목소리가 마치 여름에 버드나무에 앉아서 길게 목 늘여 우는 매미 소리같이 저르렁저르렁하였다.

그는 몹시 부지런한 중년 늙은이로, 아침이면 새벽 일찍이 일어나서 앞뒤로 뒷짐을 지고 돌아다니며 집안일을 보살피는데, 그 동리에는 그가 마치 시계와 같아서, 그가 일어나는 때가 동네 사람이 일어나는 때였다. 만일 그가 아침에 돌아다니며 잔소리를 하지 않으면, 동네 사람들이 이상하여 그의 집으로 가보면, 그는 반드시 몸이 불편하여 누웠었다. 그러나 그와 같은 때는 1년 360일에 한 번 있기가 어려운 일이요, 이태나 3년에 한 번 있거나 말거나 하였다.

그가 이곳으로 이사를 온 지는 얼마 되지 아니하나, 그가 언제든지 감투를 쓰고 다니므로 동리 사람들은 양반이라고 불렀고, 또 그 사람도 동리 사람들에게 그리 인심을 잃지 않으려고, 섣달이면 북

· **과목밭** 과실나무를 심은 밭.
· **동탕하다** 얼굴이 잘생기고 살집이 있다.

어쾌·김톳°씩 동리 사람에게 나눠주며, 농사에 쓰는 연장도 넉넉히 장만한 후 아무 때나 동리 사람들이 쓰게 하므로, 그 동리에서는 가장 인심 후하고 존경을 받는 집인 동시에 세력 있는 집이다.

그 집에는 삼룡이라는 벙어리 하인 하나가 있으니, 키가 본시 크지 못하여 땅딸보로 되었고, 고개가 빼지° 못하여 몸뚱이에 대강이를 갖다가 붙인 것 같다. 거기다가 얼굴이 몹시 얽고° 입이 몹시 크다. 머리는 전에 새 꼬랑지 같은 것을 주인의 명령으로 깎기는 깎았으나, 불밤송이° 모양으로 언제든지 푸히게° 일어섰다. 그래서 걸어 다니는 것을 보면, 마치 옴두꺼비가 서서 다니는 것같이 숨차 보이고 더디어 보인다. 동리 사람들이 부르기를 삼룡이라고 부르는 법이 없고, 언제든지 '벙어리! 벙어리!'라고 하든지, 그렇지 않으면 '앵모°! 앵모!' 한다. 그렇지만 삼룡이는 그 소리를 알지 못한다.

그도 이 집주인이 이리로 이사를 올 때에 데리고 왔으니, 진실하고 충성스러우며 부지런하고 세차다. 눈치로만 지내가는 벙어

- **쾌, 톳** 쾌는 북어를 묶어 세는 단위로, 한 쾌는 북어 스무 마리를 이른다. 톳은 김을 묶어 세는 단위로, 한 톳은 김 100장을 이른다.
- **빼다** 속에 들어 있거나 끼여 있거나 박혀 있는 것을 밖으로 나오게 하다.
- **얽다** 얼굴에 군데군데 둥그스름하게 푹 파인 자국들이 있다.
- **불밤송이** 채 익기도 전에 말라 떨어진 밤송이.
- **푸하다** 속이 꽉 차지 아니하고 불룩하게 부풀어 있다.
- **앵모** 앵무. 벙어리의 말투나 행동을 '앵무새'에 견주어 놀리는 말.

리지마는, 말하고 듣는 사람보다 슬기로울 적이 있고, 평생 조심성이 있어서 결코 실수할 적이 없다.

아침에 일어나면 마당을 쓸고 소와 돼지의 여물을 먹이며, 여름이면 밭에 풀을 뽑고 나무를 실어 들이고 장작을 패며, 겨울이면 눈을 쓸고 장 심부름˚이며 진일 마른일˚ 할 것 없이 못 하는 일이 없다.

그럴수록 이 집주인은 벙어리를 위해주며 사랑한다. 혹시 몸이 불편한 기색이 있으면 쉬게 해주고, 먹고 싶어 하는 듯한 것은 먹이고, 입을 때 입히고 잘 때 재운다.

그런데 이 집에는 삼대독자로 내려오는 그 집 아들이 있다. 나이는 열일곱 살이나 아직 열네 살도 되어 보이지 않고, 너무 귀엽게 기르기 때문에 누구에게든지 버릇이 없고 어리광을 부리며, 사람에게나 짐승에게 잔인 포악한 짓을 많이 한다.

동네 사람들은 그를,

"후레자식!"

"애비 속상하게 할 자식!"

"저런 자식은 없는 것만 못해."

하고 욕들을 한다. 그래서 그의 어머니는 아들이 잘못할 때마다

• **장 심부름** 시장에 가서 이것저것 사 오도록 시키는 일.
• **진일, 마른일** 진일은 물을 묻혀가며 하는 일, 마른일은 물을 묻히지 않고 하는 일을 뜻함.

그의 영감을 보고,

"그 자식을 좀 때려주구려. 왜 그런 것을 보고 가만두?"

하고 자기가 대신 때려주려고 나서면,

"아뇨. 아직 철이 없어 그렇지. 저도 지각이 나면 그렇지 않을 것이 아뇨."

하고 너그럽게 타이른다. 그러면 마누라는 왜가리처럼 소리를 지르며,

"철이 없기는…… 지금 나이가 몇이오? 낼모레면 스무 살이 되는데. 또 며칠 아니면 장가를 들어서 자식까지 낳을 것이, 그래가지고 무엇을 한단 말이오?"

하고 들이대며,

"자식은 꼭 아버지가 버려놓았습니다. 자식 귀여운 것만 알았지, 버릇 가르칠 줄은 모르니까……."

이렇게 싸움이 시작만 하려 하면 영감은 아무 말도 하지 않고 바깥으로 나가버린다.

그 아들은 더구나 벙어리를 사람으로 알지도 않는다. 말 못하는 벙어리라고 오고 가며 주먹으로 허구리를 지르기도 하고 발길로 엉덩이도 찬다.

그러면 그 벙어리는, 어린것이 철없이 그러는 것이 도리어 귀엽기도 하고, 또는 그 힘없는 팔과 힘없는 다리로 자기의 무쇠 같은 몸을 건드리는 것이 우습기도 하고 앙징하기도 하여, 돌아서서 방

그레 웃으면서 툭툭 털고 다른 곳으로 몸을 피해버린다.

어떤 때는 낮잠 자는 벙어리 입에다가 똥을 먹일 때도 있었다. 또 어떤 때는 자는 벙어리 두 팔, 두 다리를 살며시 동여매고 손가락과 발가락 사이에 화승불*을 붙여놓아, 질겁을 하고 일어나다가 발버둥질을 하고 죽으려는 사람처럼 괴로워하는 것을 보고 기뻐하였다.

이러할 때마다 벙어리 가슴에는 비분한* 마음이 꽉 들어찼다. 그러나 그는 주인의 아들을 원망하는 것보다도 자기가 병신인 것을 원망하였으며, 주인의 아들을 저주한다는 것보다 이 세상을 저주하였다.

그러나 그는 결코 눈물을 흘리지 않았다. 그에게는 눈물이 없었다. 그의 눈물은 나오려 할 때, 아주 말라붙어 버린 샘물과 같이, 나오려 하나 나오지를 아니하였다. 그는 주인의 집을 버릴 줄 모르는 개 모양으로, 자기가 있어야 할 곳은 여기밖에 없고 자기가 믿을 곳도 여기 있는 사람들밖에 없는 줄 알았다. 여기서 살다가 여기서 죽는 것이 자기의 운명인 줄밖에 알지 못하였다. 자기의 주인 아들이 때리고 지르고 꼬집어 뜯고 모든 방법으로 학대할지라도, 그것이 자기에게 의례히 있을 줄밖에 알지 못하였다. 아

• **화승불** '화승'은 '불을 붙게 하는 데 쓰는 노끈'을 말한다. 화승불은 이 화승이 타들어 가며 붙는 불을 일컫는다.
• **비분하다** 슬프고 화가 나다.

픈 것도 그 아픈 것이 의례히 자기에게 돌아올 것이요, 쓰린 것도 자기가 받지 않아서는 안 될 것으로 알았다. 그는 '이 마땅히 자기가 받아야 할 것을 어떻게 해야 면할까' 하는 생각을 한 번도 하여 본 일이 없었다.

그가 이 집에서 떠나가려 하거나 또는 그의 생활환경에서 벗어나려는 생각은 한 번도 해보지 못하였다 할지라도, 그는 언제든지 그 주인 아들이 자기를 학대하고 또는 자기를 못살게 굴 때, 그는 자기의 주먹과 또는 자기의 힘을 생각하여 보았다.

주인 아들이 자기를 때릴 때, 그는 주인 아들 하나쯤은 넉넉히 제지할 힘이 있는 것을 알았다.

어떠한 때는 아픔과 쓰림이 자기의 몸으로 스며들 때면, 그의 주먹은 떨리면서 어린 주인의 몸을 치려 하다가…… 그는 그것을 무서운 고통과 함께 꽉 참았다.

그는 속으로,

'아니다. 그는 나의 주인의 아들이다. 그는 나의 어린 주인이다.'

하고 꾹 참았다.

그러고는 그것을 얼핏 잊어버렸다. 그러다가도 동릿집 아이들과 혹시 장난을 하다가 주인 아들이 울고 들어올 때에는, 그는 황소같이 날뛰면서 주인을 위하여 싸웠다. 그래서 동리에서도 어린애들이나 장난꾼들이 벙어리를 무서워하여 감히 덤비지를 못하였다. 그리고 주인 아들도 위급한 경우에는 언제든지 벙어리를 찾았다. 벙어리는 얻어맞으면서도 기어드는 충견 모양으로, 주인의 아들을 위하여 싫어하지 않고 힘을 다하였다.

2

벙어리가 스물세 살이 될 때까지, 그는 물론 이성과 접촉할 기회가 없었다. 동리의 처녀들이 저를 '벙어리! 벙어리!' 하며 괴상한 손짓과 몸짓으로 놀려먹음을 받을 적에, 분하고 골나는 중에도 느긋한 즐거움을 느껴본 일은 있었으나, 그가 결코 사랑으로써 어떠한 여자를 대해본 일은 없었다.

그러나 정욕을 가진 사람인 벙어리도 그의 피가 차디찰 리는 없었다. 혹 그의 피는 더욱 뜨거웠을는지도 알 수 없었다. 뜨겁다 뜨겁다 못하여 엉기어버린 엿과 같을는지도 알 수 없었다. 만일 그에게 볕을 주거나 다시 뜨거운 열을 준다 하면 그의 피는 다시 녹을는지도 알 수 없었다.

그가 깜박깜박하는 기름등잔 아래에서 밤이 깊도록 짚세기*를 삼을 때이면, 남모르는 한숨을 아니 쉬는 것도 아니지마는, 그는

• 짚세기 짚신.

그것을 곧 억지할 수 있을 만치 정욕에 대하여 벌써부터 단념을 하고 있었다.

마치 언제 폭발이 될는지 알지 못하는 휴화산 모양으로 그의 가슴속에는 충분한 정열을 깊이 감추어놓았으나, 그것이 아직 폭발될 시기가 이르지 못한 것 같았었다. 비록 폭발이 되려고 무섭게 격동함을 벙어리 자신도 느끼지 않은 바는 아니지마는, 그는 그것을 폭발시킬 조건을 얻기 어려웠으며, 또는 자기가 여태까지 능동적으로 그것을 나타낼 수가 없을 만치 외계의 압축을 받았으며, 그것으로 인한 이지(理智)*가 너무 그에게 자제력을 강대하게 하여주는 동시에 또한 너무 그것을 단념만 하게 하여주었다.

속으로 '나는 벙어리다.' 자기가 생각할 때, 그는 몹시 원통함을 느끼는 동시에, 자기는 말하는 사람들과 똑같은 자유와 똑같은 권리가 없는 줄 알았다. 그는 이와 같은 생각에서 언제든지 단념 안하려야 단념하지 않을 수 없는 그 단념이 쌓이고 쌓이어, 지금에는 다만 한 개의 기계와 같이 이 집에 노예가 되어 있으면서도 그것이 자기의 천직으로 알고 있을 뿐이요, 다시는 자기가 살아갈 세상이 없는 것같이밖에 알지 못하게 된 것이다.

• **이지** 이성과 지혜를 아울러 이르는 말. 또는 본능이나 감정에 지배되지 않고 지식과 윤리에 따라 사물을 분별하고 깨닫는 능력.

3

그해 가을이다. 주인의 아들이 장가를 들었다. 색시는 신랑보다 두 살이 위인 열아홉 살이다. 주인이 본시 자기가 언제든지 문벌이 얕은 것을 한탄하여, 신부를 고를 때에 첫째 조건이 문벌이 높아야 할 것이었다. 그러나 문벌 있는 집에서는 그리 쉽게 색시를 내놓을 리가 없었다. 그러므로 하는 수 없이 그 어떠한 영락한 양반의 딸을 돈을 주고 사 오다시피 하였으니, 무남독녀의 딸을 둔 남촌 어떤 과부를 꿀을 발라서* 약혼을 하고, 혹시나 무슨 딴소리가 있을까 하여 부랴부랴 성례를 시켜버렸다.

혼인할 때에 비용도 그때 돈으로 삼만 냥을 썼다. 그리고 아들의 처갓집에 며느리 뒤보아 주는 바느질삯, 빨랫삯이라는 명목으로 한 달에 이천오백 냥씩을 대어주었다.

신부는 자기 아버지가 돌아가기 전까지 상당히 견디기도 하고 또는 금지옥엽같이 기른 터이라, 구식 가정에서 배울 것 읽힐 것은 못 한 것이 없고, 또는 본래 인물이라든지 행동거지에 조금도 구김이 있지 아니하다.

신부가 오자 신랑의 흠절*이 생기기 시작하였다.

• 꿀을 **발라서** 달콤한 말로 꾀어서.
• **흠절** 부족하거나 잘못된 점.

"신부에게다 대면 두루미와 까마귀지."

"아직도 철딱서니가 없어."

"색시에게 쥐여 지내겠어."

"신랑에겐 과하지."

동릿집 말 좋아하는 여편네들이 모여 앉으면 이렇게 비평들을 한다. 어떠한 남의 걱정 잘하는 마누라님은 간혹 신랑을 보고는 그대로 세워놓고,

"글쎄 인제는 어른이 되었으니 셈*이 좀 나요? 저러구 어떻게 색시를 거느려가누. 색시 방에 들어가기가 부끄럽지 않담."
하고 들이대다시피 하는 일이 있다.

이럴 적마다 신랑의 마음은, 그 말하는 이들이 미웠다. 일부러 자기를 부끄럽게 하려고 하는 것 같아서, 그 후에 그를 만나면 말도 안 하고 인사도 하지 아니한다.

또 그의 고모 되는 이가 와서 자기 조카를 보고,

"인제는 어른이야. 너도 그만하면 지각이 날 때가 되지 않았니? 네 처가 부끄럽지 아니하냐?"
하고 타이를 적마다 그의 마음은, 그 말하는 사람이 부끄럽다는 것보다도 자기를 이렇게 하게 한 자기 아내가 더욱 밉살머리스러웠다.

* 셈 사물을 분별하는 슬기.

'여편네가 다 무엇이냐. 저 빌어먹을 년이 들어오더니 나를 이렇게 못살게들 굴지.'

혼인한 지 며칠이 못 되어 그는 색시 방에 들어가지를 않았다. 집안에서는 야단이 났다. 마치 돼지나 말 새끼를 흘레시키려는* 것같이 신랑을 색시 방으로 집어넣으려 하나 막무가내였다. 그럴 때마다 신랑은 손에 닥치는 대로 집어뜨려서*, 자기의 외사촌 누이의 이마를 뚫어서 피까지 나게 한 일이 있었다. 집안 식구들은 하는 수가 없어 맨 나중으로 아버지에게 밀었다. 그러나 그것도 소용이 없을뿐더러 풍파를 더 일으키게 하였다. 아버지께 꾸중을 듣고 들어와서는 다짜고짜로 신부의 머리채를 쥐어 잡아 마루 한복판에 태질*을 쳤다. 그러고는,

"이년! 네 집으로 가거라. 보기 싫다. 내 눈앞에는 보이지도 마라."

하였다. 밥상을 가져오면 그 밥상이 마당 한복판에서 재주를 넘고, 옷을 가져오면 그 옷이 쓰레기통으로 나간다.

이리하여 색시는 혼인 오던 날부터 팔자 한탄을 하고서 날마다 밤마다 우는 사람이 되었었다.

• **흘레하다** 생식을 하기 위해 동물의 암컷과 수컷이 성적인 관계를 맺다.
• **집어뜨리다** 집어서 마구 던지다.
• **태질** 세게 메어치거나 내던지는 짓.

울면 요사스럽다고 때린다. 또 말이 없으면 빙충맞다고* 친다.

이리하여 그 집에는 평화스러운 날이 하루도 없었다.

이것을 날마다 보는 사람 가운데 알 수 없는 의혹을 품게 된 사람이 하나 있으니, 그는 곧 벙어리 삼룡이였다.

그렇게 어여쁘고 유순하고 그렇게 얌전한, 벙어리의 눈으로 보아서는 감히 손도 대지 못할 만치 선녀 같은 색시를 때리는 것은, 자기의 생각으로는 도저히 풀 수 없는 의심이다.

보기에는 황홀하고 건드리기도 황홀할 만치 숭고한 여자를 그렇게 학대한다는 것은 너무나 세상에 있지 못할 일이다. 자기는 주인 새서방님에게 개나 돼지같이 얻어맞는 것이 마땅한 이상으로 마땅하지마는, 선녀와 짐승의 차가 있는 색시와 자기가 똑같이 얻어맞는다는 것은 너무 무서운 일이다. 어린 주인이 천벌이나 받지 않을까 두렵기까지 하였다.

어떠한 달밤, 사면은 고요·적막하고 별들은 드문드문 눈들만 깜박이며 반달이 공중에 뚜렷이 달려 있어 수은으로 세상을 깨끗하게 닦아낸 듯이 청명한데, 삼룡이는 검둥개 등을 쓰다듬으며 바깥마당 멍석 위에 비슷이 드러누워 있어 하늘을 쳐다보며 생각하여 보았다.

주인 색시를 생각하매 공중에 있는 달보다도 더 곱고 별들보다

• **빙충맞다** 똘똘하지 못하고 어리석으며 수줍음을 타는 데가 있다.

도 더 깨끗하였다. 주인 색시를 생각하면 달이 보이고 별이 보이었다. 삼라만상을 씻어내는 은빛보다도 더 흰 달이나 별의 광채보다도 그의 마음이 아름답고 부드러운 듯하였다. 마치 달이나 별이 땅에 떨어져 주인 새아씨가 된 것도 같고, 주인 새아씨가 하늘에 올라가면 달이 되고 별이 될 것 같았다.

더구나 자기를 어린 주인이 때리고 꼬집을 때, 감히 입 벌려 말을 하지 못하나 측은하고 불쌍히 여기는 정이 그의 두 눈에 나타나는 것을 다시 생각할 때, 그는 부들부들한 개 등을 어루만지면서 감격을 느끼었다. 개는 꼬리를 치며 자기를 귀여워하는 줄 알고 벙어리의 손을 핥았다.

삼룡이의 가슴은 주인 아씨를 동정하는 마음으로 가득 찼다. 또는 그를 위하여서는 자기의 목숨이라도 아끼지 않겠다는 의분*에 넘치었다. 그것은 마치 살구를 보면 입속에 침이 도는 것같이 본능적으로 느껴지는 감정이었다.

4

새댁이 온 뒤에 다른 사람들은 자유로 안 출입을 금하였으나, 벙

---

* 의분 불의에 대하여 일으키는 분노.

어리는 마치 개가 맘대로 안에 출입할 수 있는 것같이 아무 의심 없이 출입할 수가 있었다.

하루는 어린 주인이 먹지 않던 술이 잔뜩 취하여 무지한 놈에게 맞아서 길에 자빠진 것을 업어다가 안으로 들여다 누인 일이 있었다. 그때에 아무도 안에 있지 않고 다만 새색시 혼자 방에서 바느질을 하고 있다가 이 꼴을 보고, 벙어리의 충성된 마음이 고마워서 그 후에 쓰던 비단 헝겊 조각으로 부시쌈지˚ 하나를 하여 준 일이 있었다.

이것이 새서방님의 눈에 띄었다. 그래서 색시는 어떤 날 밤에 자던 몸으로 마당 복판에 머리를 푼 채 내동댕이가 쳐졌다. 그리고 온몸에 피가 맺히도록 얻어맞았다.

이것을 본 벙어리는 또다시 의분의 마음이 뻗쳐 올라왔다. 그래서 미친 사자와 같이 뛰어 들어가 새서방님을 밀어 던지고 새색시를 둘러메었다. 그러고는 나는 수리와 같이 바깥사랑 주인 영감 있는 곳으로 뛰어가 그 앞에 내려놓고 손짓과 몸짓을 열 번, 스무 번 거푸하며 하소연하였다.

그 이튿날 아침에 그는 주인 새서방님에게 물푸레로 얼굴을 몹시 얻어맞아서, 한쪽 뺨이 눈을 얼러서˚ 피가 나고 주먹같이 부었

• **부시쌈지** 부시, 부싯깃, 부싯돌 따위를 넣어서 가지고 다닐 수 있게 만든 작은 주머니.
• **얼르다** 어우르다. 한 덩어리가 되게 하다. '눈을 얼러서'는 '눈을 포함하여' 정도의 뜻이다.

다. 그 때릴 적에 새서방의 입에서 나오는 말은,

"이 흉측한 벙어리 같으니! 내 여편네를 건드려!"

하고 부시쌈지를 뺏어서 갈가리 찢어 뒷간에 던졌다.

"그러고 이놈아! 인제는 주인도 몰라보고 막 친다! 이런 것은 죽어야 해."

하고 채찍으로 그의 뒷덜미를 갈겨서 그 자리에 쓰러지게 하였다.

벙어리는 다만 두 손으로 빌 뿐이었다. 말도 못 하고 고개를 몇 백 번 코가 땅에 닿도록 그저 용서해 달라고 빌기만 하였다. 그러나 그의 가슴에는 비로소 숨겨 있던 정의감이 머리를 들기 시작하였다. 그는 그 아픈 것을 참아가면서도 그는 북받치는 분노(심술)를 억지하였다.

그때부터 벙어리는 안에 들어가지를 못하였다. 이 들어가지 못하는 것이 더욱 벙어리로 하여금 궁금증이 나게 하였다. 그 궁금증이라는 것이 묘하게 빛이 변하여 주인 아씨를 뵈옵고 싶은 감정으로 변하였다. 뵈옵지 못하므로 가슴이 타올랐다. 몹시 애상의 정서가 그의 가슴을 저리게 하였다. '한 번이라도 아씨를 뵈올 수가 있으면' 하는 마음이 나더니, 그의 마음의 넋은 느끼기를 시작하였다. 센티멘털한 가운데에서 느끼는 그 무슨 정서는 그에게 생명 같은 희열을 주었다. 그것과 자기의 목숨이라도 바꿀 수 있을 것 같았다. 어떤 때는 그대로 대강이로 담을 뚫고 들어가고 싶도록 주인 아씨를 뵈옵고 싶은 것을 꾹 참을 때도 있었다.

그 후부터는 밥을 잘 먹을 수가 없었다. 일도 손에 잡히지 않았다. 틈만 있으면 안으로만 들어가고 싶었다.

주인이 전보다 많이 밥과 음식을 주고 더 편하게 하여주었으나 그것이 싫었다. 그는 밤에 잠을 자지 않고 집 가장자리로 돌아다녔다.

5

하루는 주인 새서방님이 술에 취하여 들어오더니 집 안이 수선수선하여지며 계집 하인이 약을 사러 갔다 들어오는 것을 보고 그 계집 하인을 붙잡았다. 그리고 무엇이냐고 물었다.

계집 하인은 한 주먹을 뒤통수에 대고, 얼굴을 젊다고 하는 뜻으로 쓰다듬으며 둘째손가락을 내밀었다. 그것은 그 집주인은 엄지손가락이요, 둘째손가락은 새서방님이라는 뜻이요, 주먹을 뒤통수에 대는 것은 여편네라는 뜻이요, 얼굴을 문지르는 것은 예쁘다는 뜻으로 벙어리에게 쓰는 암호다.

그런 뒤에 다시 혀를 내밀고 눈을 뒤집어 뜨는 형상을 하고 두 팔을 싹 벌리고 뒤로 자빠지는 꼴을 보이니, 그것은 사람이 죽게 되었거나 앓을 적에 하는 말 대신의 손짓이다.

벙어리는 눈을 크게 뜨고 계집 하인에게로 한 발자국 가까이 들어서며 놀래는 듯이 멀거니 한참이나 있었다.

그의 가슴은 무섭게 격동하였다. 자기의 그리운 주인 아씨가 죽었다는 말이나 아닌가. 그는 두 주먹을 마주치며 한숨을 쉬었다.

그러고는 자기 방에 들어가 무엇을 생각하는 것처럼 두어 시간이나 두 눈만 껌벅껌벅하고 앉았었다.

그는 밤이 깊어갈수록 궁금증 나는 사람처럼 일어섰다 앉았다 하더니, 두 시나 되어 바깥으로 나가서 뒤로 돌아갔다.

그는 도둑놈처럼 조심스럽게 바로 건넌방 뒤 미닫이 앞 담에 서서 주저주저하더니 담을 넘었다.

가까이 창 앞에 가 서서 문틈으로 안을 살피다가 그는 진저리를 치며 물러섰다.

어두운 방에 그의 손과 발이 마치 그 뒤에 서 있는 감나무 잎같이 떨리더니, 그대로 문을 박차고 뛰어 들어갔을 때, 그의 팔에는 주인 아씨가 한 손에 기다란 명주 수건을 들고서 한 팔로 벙어리의 가슴을 밀치며 뻐팅기었다.* 벙어리는 다만 눈이 뚱그레서 '에헤' 소리만 지르고 그 수건을 뺏으려 애쓸 뿐이다.

집안이 야단났다.

"집안이 망했군!"

"어디 사내가 없어서 벙어리를!"

* 뻐팅기다 버팅기다. 버티다.

"어떻든 알 수 없는 일이야!"

하는 소리가 이 구석 저 구석에서 수군댄다.

6

그 이튿날 아침에 벙어리는 온몸이 짓이긴 것이 되어 마당에 거꾸러져 입에서 피를 토하며 신음하고 있다. 그 곁에시는 새서방이 쇠좆몽둥이*를 들고서 문초*를 한다.

"이놈!"

하고는 음란한 흉내는 모조리 하여가며 건넌방을 가리킨다. 그러나 벙어리는 손을 내저을 뿐이다. 또 몽둥이에는 살점이 묻어 나왔다. 그리고 피가 흘렀다.

벙어리는 타들어 가는 목으로 소리도 못 하며 고개만 내젓는다. 그는 피를 토하고 고꾸라지며 이마를 땅에 비비며 고개를 내흔든다. 땅에는 피가 스며든다. 새서방은 채찍 끝에 납 뭉치를 달아서 가슴을 훔쳐 갈겼다가 힘껏 잡아뽑았다. 벙어리는 그대로 고꾸라지며 말이 없었다.

· **쇠좆몽둥이** 예전에, 형벌을 가하거나 고문을 할 때 쓰던 기구의 하나. 황소의 생식기를 말려 만든 것으로, 죄인을 때릴 때에 썼다.
· **문초** 죄나 잘못을 자세히 따져 물음.

새서방은 그래도 시원치 못하였다. 그는 어제 벙어리가 새로 갈아놓은 낫을 들고 달려왔다. 그는 그 시퍼렇게 드는 날을 번쩍 들었다. 그래서 벙어리를 찌르려 할 제, 벙어리는 한 팔로 그것을 받았고 집안사람들은 달려들었다. 벙어리는 낫을 뿌리쳐 뺏어서 저리로 던지고 그대로 까무러졌다.

주인은 집안이 망하였다고 사랑에 누워서 모든 일을 들은 체 만체 문을 닫고 나오지를 아니하며, 집안에서는 색시를 쫓는다고 야단이다.

그날 저녁때 벙어리는 다시 끌려 나왔다. 그때에는 주인 새서방이 그의 입던 옷과 신짝을 주며 눈을 부릅뜨고 손을 멀리 가리키며,

"가! 인제는 우리 집에 있지 못한다."

하였다. 이 소리를 듣는 벙어리는 기가 막혔다. 그에게는 이 집 외에 다른 집이 없다. 이 집 외에는 살 곳이 없었다. 자기는 언제든지 이 집에서 살고 이 집에서 죽을 줄밖에 몰랐다. 그는 새서방님의 다리를 껴안고 애걸하였다. 말도 못 하는 것을 몸짓과 표정으로 간곡한 뜻을 표하였다. 그러나 새서방님은 발길로 지르고 사람을 불렀다.

"이놈을 내쫓아라."

벙어리는 죽은 개 모양으로 끌려 나갔다. 그리고 대강팽이°를

• **대강팽이** 대갈패기. 대갈빼기. '머리'를 속되게 이르는 말.

59

개천 구석에 들이박히면서 나가 곤드라졌다가* 일어서서 다시 들어오려 할 때에는 벌써 문이 닫혀 있었다. 그는 문을 두드렸다. 그의 마음으로는 주인 영감을 찾았으나, 부를 수가 없었다.

그가 날마다 열고 날마다 닫던 문이, 자기가 지금은 열려 하나 자기를 내어쫓고 열리지를 않는다. 자기가 건사하고* 자기가 거두던 모든 것이 오늘에는 자기의 말을 듣지 않는다. 어려서부터 지금까지 모든 정성과 힘과 뜻을 다하여 충성스럽게 일한 값이 오늘에 이것이다.

그는 비로소 믿고 바라던 모든 것이 자기의 원수가 된 것을 알았다. 그는 그 모든 것을 없애버리고 자기도 또한 없어지는 것이 나은 것을 알았다.

7

그날 저녁, 밤은 깊었는데 멀리서 닭이 우는 소리와 함께 개 짖는 소리뿐이 들린다.

난데없는 화염이 벙어리 있던 오 생원 집을 에워쌌다. 그 불은

· **곤드라지다** 몸이 거꾸로 내리박혀 쓰러지다.
· **건사하다** 자기에게 딸린 것을 잘 보살피고 돌보다.

미리 놓으려고 준비하여 놓았는지, 집 가장자리로 쪽 돌아가며 흩어놓은 짚에 모조리 돌라붙어, 공중에서 내려다보면은 집의 윤곽이 선명하게 보일 듯이 불이 타오른다.

불은 마치 피 묻은 살을 맛있게 잘라 먹는 요마*의 혓바닥처럼 날름날름 집 한 채를 삽시간에 먹어버리었다.

이와 같은 화염 중으로 뛰어 들어가는 사람이 하나 있으니, 그는 다른 사람이 아니라 낮에 이 집을 쫓겨난 삼룡이다.

그는 먼저 사랑에 가서 문을 깨트리고 주인을 업어다가 밭 가운데 놓고 다시 들어가려 할 제, 그의 얼굴과 등과 다리가 불에 데어 쭈그러져 드는 것을 알지 못하였다.

그는 건넌방으로 뛰어들었다. 그러나 색시는 없었다. 다시 안방으로 뛰어들었다. 그러나 또 없고, 새서방이 그의 팔에 매달리며 구원하기를 애걸하였다. 그러나 그는 그것을 뿌리쳤다. 다시 서까래가 불이 시뻘겋게 타면서 그의 머리에 떨어졌다. 그의 머리는 홀랑 벗어졌다. 그러나 그는 그것을 몰랐다. 그 부엌으로 가보았다. 거기서 나오다가 문설주가 떨어지며 왼팔이 부러졌다. 그러나 그것도 몰랐다. 그는 다시 광*으로 가보았다. 거기도 없었다. 그는 다시 건넌방으로 들어갔다. 그때야 그는 새아씨가 타 죽으려고

* 요마 요망하고 간사스러운 마귀.
* 광 세간이나 그 밖의 여러 가지 물건을 넣어두는 창고.

61

이불을 쓰고 누워 있는 것을 보았다. 그는 새아씨를 안았다. 그러고는 불길을 찾았다. 그러나 나갈 곳이 없었다. 그는 하는 수 없이 지붕으로 올라갔다. 그는 비로소 자기의 몸이 자유롭지 못한 것을 알았다. 그러나 그는 자기가 여태까지 맛보지 못한 즐거움, 쾌감을 자기의 가슴에 느끼는 것을 알았다. 새아씨를 자기가 가슴에 안았을 때, 그는 이제 처음으로 살아난 듯하였다. 그는 자기의 목숨이 다한 줄 알았을 때, 그 새아씨를 자기 가슴에 힘껏 껴안았다가 다시 그를 데리고 불 가운데를 헤치고 바깥으로 나온 뒤에 새아씨를 내려놓을 때에, 그는 벌써 목숨이 끊어진 뒤였다. 집은 모조리 타고 벙어리는 새아씨 무릎에 누워 있었다. 그의 울분은 그 불과 함께 사라졌을는지! 평화롭고 행복스러운 웃음이 그의 입 가장자리에 엷게 나타났을 뿐이다.

《여명》1925년 창간호에 실린 작품을 바탕으로 함.

작품 이해하기

이 작품은 1925년 《여명》에 발표된 단편소설이다. 벙어리라는 신체적 불구와 함께 신분적인 멸시를 받는 한 인간의 순수하고 강렬한 사랑과 독자적인 인간임을 자각하는 과정을 '불'이라는 상징적 이미지 속에 선명하게 그려내고 있다.

이 작품은 처음에 '나'라는 관찰자가 등장하는 1인칭 관찰자 시점으로 서술되다가 갑자기 3인칭 전지적 작가 시점으로 바뀐다. 1인칭 서술자인 '나'가 등장해서 15년 전의 이야기를 회상하는 액자소설의 형태를 지니고 있기 때문이다. 이러한 서술자의 존재는 비일상적인 벙어리 삼룡이의 행위와 그와 관련된 서사 전개에 신빙성을 부여하는 기능을 한다.

주인공인 벙어리 삼룡이는 흉한 외모를 지녔지만 진실한 사람이다. 인심이 후해 사람들의 존경을 받는 오 생원 집에서 살고 있는데, 주인 아들이 늘 그를 괴롭힌다. 그런 주인 아들이 현숙한 처녀에게 장가를 들었는데, 매사에 신부와 비교당하자 열등감에 사로잡혀 아내를 학대한다. 삼룡이는 그것을 안타까워하면서, 주인 아씨를 위해서는 목숨도 아끼지 않겠다는 의분을 느끼게 된다. 집 안에서 개와 같은 존재로 취급되는 삶을 살다가, 서서히 인간적 존재로서의 삶을 자각하게 되는 것이다.

　주인 아들에 대한 삼룡이의 충성심에 고마움을 느낀 주인 아씨는 삼룡이에게 부시쌈지를 하나 만들어 준다. 부시쌈지는 불을 피우는 도구를 넣는 주머니인데, 이것을 받은 삼룡이의 마음에도 불씨가 자라게 된다. 하지만 이것이 화근이 되어 삼룡이는 주인 아들에게 죽도록 맞은 뒤 안으로 출입하지 못하게 된다. 삼룡이는 이때 처음으로 저항을 한다. 주인 아씨에 대한 사랑은 삼룡이가 어렴풋이 자각했던 부당한 현실을 강하게 인식하고 그에 저항하도록 하는 의지를 갖게 만들었기 때문이다.

　삼룡이는 주인 아씨를 그리워하다가, 아씨가 중병이 들었다는 말을 듣고 걱정 끝에 담을 넘는다. 마침 주인 아씨가 목을 매려고 하는 것을 구해주지만, 사람들의 오해 때문에 매를 맞고 쫓겨난다. 삼룡이는 자기가 믿고 있던 모든 것이 원수가 된 것을 알아채고, 모든 것을 없애버리기 위해 불을 지른다. 이것은 동물 같은 존재로서 살기를 거부한 행위라고 할 수 있다.

　불길 속으로 뛰어든 삼룡이는 주인 오 생원을 구해낸 다음 다시 불길로 들어가 불길에 휩싸인 채 누워 있는 주인 아씨를 안고 지붕으로 올라간다. 삼룡이는 주인 아씨를 안았을 때 처음으로 살아난 듯함을 느낀다. 불길을 헤치고 나와 주인 아씨를 내려놓았을 때는 이미 목숨이 끊어진 뒤였다. 하지만 삼룡이는 주인 아씨 무릎에 누운 채 행복스러운 웃음을 나타내는 것으로 소설이 끝난다.

　이 작품에서 벙어리에다 추한 외모를 지닌 삼룡이와 아름다운 주인 아씨라는 대립적 설정은, 윤리적으로나 신분적으로나 애초부터 이루어질 수 없다는 점에서 다분히 비극적인 서사성을 지닌다. 그러나 삼룡이가 아씨를 위해 불 속으로 뛰어드는 행위는 그의 고결한 사랑과 낭만성을 고조시킨다. 삼룡이가 현실에서 이룰 수 없는 사랑을 타오르는 불꽃 속에서 한순간이나마 이루는 결말 방식은, 이 작품을 낭만적인 소설로 읽히게 하는 것이다.

 이 작품은 빅토르 위고의 《노트르담의 꼽추》의 활동사진을 보고 힌트를 얻어 썼다고 전해진다. 나도향의 초기 작품에서 보여준 감상적 낭만주의를 극복하고, 인간의 진실한 애정과 그것이 주는 인간 구원의 의미를 탐색한 작품이라 할 수 있다.

작품 깊이읽기

눈물이 없는 벙어리 삼룡이?

삼룡이는 벙어리에다 기머서리며 옴두꺼비같이 추한 외모를 지니고 있다. 하지만 진실하고 충성스러우며 부지런하고, 평생 조심성이 있어 실수한 적이 없다. 주인 아들로부터 온갖 괴롭힘을 당해도 집을 나가거나 벗어날 생각은 하지 않고, 마땅히 자기가 감당해야 할 것으로 생각한다. 삼룡이가 이렇게 소극적일 수밖에 없는 이유는 무엇일까? 그것은 신체적 결함과 하인이라는 신분적 제약 때문이다.

삼룡이는 스스로 주인 아들과 자신은 주종 관계에 있다고 단정할 뿐 아니라, 주인 아들이 자신을 못살게 굴어도 그 잘못이 자신에게 있다고 생각한다. 다시 말해, 자신은 보통 사람보다 열등하고 신분도 낮으니 부당한 일을 당해도 어쩔 수 없다고 여기는 것이다.

정말로 삼룡이는 눈물이 없는 사람이었을까? 욕망과 감정이 억압된 채로 살아온 탓일지도 모른다. 그러다 주인 아씨를 보며, 주인 아씨마저 학대하는 주인 아들을 보며, 억눌렸던 감정과 욕망이 터져 나오게 된다.

삼룡이는 온갖 매질과 모욕에도 고분고분하며 참고 지내던 소극적인 인물이었다. 하지만 주인집에서 쫓겨난 뒤에는, 사랑과 분노의 감정을 불을 지르는 격렬한 행위로 표현하게 된다. 주인에게 순종하던 전형적 인물이, 자신을 발견하고 자각하면서 적극적인 행동으로 나아가는 입체적 인물로 발전한 것이다.

별과 달 같은 주인 아씨

주인 아씨는 삼룡이에게 곱고 순결한 '달'과 '별' 같은 존재이다. 삼룡이는 그녀만 생각하면 기쁘고 즐겁다. 하지만 주인 아씨는 시집온 첫날부터 남편에게 폭행과 학대를 당한다. 이를 본 삼룡이는 주인 아씨를 동정하는 한편, 그녀를 위해서 자기 목숨도 버릴 수 있다고 생각한다.

주인 아씨는 선녀같이 예쁘고, 주인 아들의 아내이며, 몰락한 양반의 후예이다. 반면 삼룡이는 벙어리·귀머거리에 추한 외모를 지녔으며, 하인으로 가난하기까지 하다. 삼룡이는 신분적으로나 윤리적으로나 감히 주인 아씨를 넘볼 수 없다. 따라서 삼룡이가 주인 아씨를 연모하는 것은 짝사랑에 불과하다.

삼룡이 마음에 주인 아씨가 자리 잡게 된 까닭은, 아씨가 자기와 비슷하다고 생각했기 때문이다. 주인 아씨는 몰락한 양반의 딸로, 돈에 팔려 오다시피 했다. 또 남편에게 학대를 받고 있으며, 오 생원 집안에서 소외된 인물로 볼 수 있다. 거기다 유순하고 얌전한 성격도 삼룡이와 비슷하다. 게다가 삼룡이를 인간적으로 대접하며 부시쌈지까지 만들어 주었으니, 주인 아씨를 동정하던 마음이 점점 사랑으로 바뀌게 된 것이다.

부시쌈지는 무엇에 불을 붙였나?

부시쌈지는 예전에 불을 켜는 도구인 부시, 부싯깃, 부싯돌 따위를 넣어서 가지고 다니던 조그만 주머니다. 주인 아씨는 삼룡이의 충성스러움에 대한 고마움의 표시로 부시쌈지를 만들어 준다. 단순한 고마움의 표시지만, 삼룡이에게는 주인 아씨와 연결되는 매우 소중한 물건이 된다. 이것은 삼룡이 마음속에 잠들어 있는 정열을 타오르게 하는 불씨가 되기 때문이다. 하지만 이 부시쌈지는 오해를 불러일으키고, 결국 비극적 결말을 낳게 하는 요인으로도 작용한다.

주인 아들은 아내가 삼룡이에게 부시쌈지를 줬다는 사실을 알고 아내를 피가 맺히도록 때려서 마당에 내동댕이친다. 삼룡이는 이에 분노해, 미친 사자같이 뛰어들어 주인 아들을 밀친 다음 주인 아씨를 둘러매고 주인 영감에게 가서 하소연한다. 처음으로 저항하는 모습을 보인 것이다. 하지만 이튿날 삼룡이는 주인 아들에게 채찍으로 얻어맞고는 용서해 달라고 빈다. 그러나 가슴속에서는 정의감이 꿈틀대기 시작한다.

오 생원은 아들의 잘못을 알면서도 내버려두며, 이 일로 삼룡이는 아씨를 만나지 못하게 된다. 하지만 그럴수록 주인 아씨에 대한 감정이 깊어지고, 결국 부시쌈지는 삼룡이의 가슴에 불을 지르고 만다.

불이 태우고 있는 것은?

불은 현재를 소멸하고 새로운 현재를 구축할 힘을 가지고 있다. 이와 관련하여, 삼룡이가 불을 지르는 행위는 '변화'에 대한 삼룡이의 내적 의지가 투영된 결과라 할 수 있다. 삼룡이는 불로써 기존의 모든 억압을 없애버리고, 자신의 의지로 천상적 존재인 아씨에게로 다가가고자 한다. 이는 동물적 삶이 아닌 인간다운 삶을 알게 해준 존재에게로 접근하는 행위다.

삼룡이는 불타고 있는 집 안으로 뛰어 들어가 불길에 휩싸인 주인 아씨를 안고 지붕 위로 올라간다. 이는 현실의 질곡과 억압을 벗어나서 새로운 세계로 나아가는 것을 상징한다. 또 삼룡이가 죽어가는 순간에 행복한 웃음을 지은 것은, 현실에서는 맺어질 수 없는 사랑을 성취했다는 승리감을 나타낸 것이다. 삼룡이는 주인 아씨와 함께 불꽃으로 타올라, 별과 달 같은 존재가 되어 다시 만나고 싶었을지도 모른다.

벙어리삼룡이

물 레 방 아

뿡

지 형 근

물레방아

1

덜컹덜컹 홈통*에 들었다가 다시 쏟아져 흐르는 물이 육중한 물레 방아를 번쩍 쳐들었다가 쿵 하고 확* 속으로 내던질 제, 머슴들의 콧소리는 허연 겨 가루가 켜켜 앉은 방앗간 속에서 청승스럽게 들려 나온다.

쏼 쏼 쏼, 구슬이 되었다가 은가루가 되고 댓줄기같이 뻗치었다가 다시 쾅 쾅 쏟아져 청룡이 되고 백룡이 되어 용솟음쳐 흐르는 물이 저쪽 산모퉁이를 십 리나 두고 돌고 다시 이쪽 들 복판을 오 리쯤 꿰뚫은 뒤에 이방원이가 사는 동네 앞 기슭을 스쳐 지나가는데, 그 위에 물레방아 하나가 놓여 있다.

물레방아에서 들여다보면 동북 간으로 큼직한 마을이 있으니, 이 마을에 가장 부자요 가장 세력이 있는 사람은 이름을 신치규라

• 홈통 물이 흐르거나 타고 내리도록 만든 물건.
• 확 방앗공이로 찧을 수 있게 돌절구 모양으로 우묵하게 판 돌.

고 부른다. 이방원이라는 사람은 그 집의 막실살이*를 하여가며 그의 땅을 경작하여 자기 아내와 두 사람이 그날그날을 지내간다.

어떠한 가을밤, 유난히 밝은 달이 고요한 이 촌을 한적하게 비칠 때, 그 물레방앗간 옆에 어떠한 여자 하나와 어떤 남자 하나가 서서 이야기를 하는 소리가 들리었다.

그 여자는 방원의 아내로 지금 나이가 스물두 살, 한참 정열에 타는 가슴으로 가장 행복스러울 나이의 젊은 여자요, 그 남자는 오십이 반이 넘어 인생으로서 살아올 길을 다 살고서 거의거의 쇠멸의 구렁을 향하여 가는 늙은이다.

그의 말소리는 마치 그 여자를 달래는 것같이,

"애, 내 말이 조금도 그를 것이 없지? 쇤네 할멈에게도 자세한 말을 들었을 터이지마는, 너 생각해 보아라. 네가 허락만 하면 무엇이든지 네가 하고 싶다는 것을 내가 전부 해줄 터이란 말야. 그까짓 방원이 녀석하고 네가 몇백 년 살아야 언제든지 막실 구석을 면하지 못할 터이니…… 허허, 사람이란 젊어서 호강해 보지 못하면 평생 한번 해보지 못하고 죽을 것이 아니냐. 내가 말하는 것이 조금도 잘못한 것이 없느니라! 대강 너의 말을 쇤네 할멈에게 듣기는 들었으나, 그래도 너에게 한번 바로 대고 듣는 것만 못해

• **막실살이** 머슴살이. '막실'은 '장막을 쳐놓고 사는 허름한 공간', 즉 머슴들이 사는 공간을 뜻한다.

서 이리로 만나자고 한 것이다. 너의 마음은 어떠냐? 허허, 내 앞
이라고 조금도 어떻게 알지 말고 이야기해 봐. 응?"

　이 늙은이는 두말할 것 없이 신치규다. 그는 탐욕스러운 눈으로
방원의 계집을 들여다보며 한 손으로 등을 두드린다.

　새침한 얼굴이 파르족족하고 기다란 눈썹과 검푸른 두 눈 가장
자리에 예쁜 입, 뾰르퉁한 뺨이며, 콧날이 오뚝한 데다가 후리후
리한 키에 떡 벌어진 엉덩이가 아무리 보더라도 무섭게 이지적인
동시에 또는 창부형*으로 생긴 것이다.

　계집은 아무 말이 없이 서서 짐짓 부끄러운 태를 지으며 매혹적
인 웃음을 생긋 웃고는 고개를 돌렸다. 그 웃음이 얼마나 짐승 같
은 신치규의 만족을 사게 되었으며 또한 마음을 충동시켰는지, 희
끗희끗한 수염이 거의 계집의 뺨에 닿도록 더 가까이 와서,

　"응? 왜 대답이 없니? 부끄러워서 그러니? 그렇게 부끄러워할
일은 아닌데……."

하고 계집의 손을 잡으며,

　"손도 이렇게 예쁜 줄은 이제까지 몰랐구나. 참 분결* 같다. 이
렇게 얌전히 생긴 애가 방원 같은 천한 놈의 계집이 되어 일평생
을 그대로 썩는다는 것은 너무 가엾고 아깝지 않느냐, 애?"

• **창부형** 놀고 즐기기를 좋아해서 가정에서 살림을 하고 자녀를 기르는 데 맞지 아니하는
　유형. 또는 그런 속성을 가진 여자.
• **분결** 분처럼 곱고 부드러운 결.

계집은 몸을 돌리려고 하지도 않고 영감이 하는 대로 내버려두며 눈으로 땅만 내려다보고 섰다가 가까스로 입을 떼는 듯하더니,

"제 말이야 모두 쉰네 할멈이 여쭈었지요. 저에게는 너무 분수에 과한 말씀이니까요."

"원, 천만에 소리를 다 하는구나. 그게 무슨 소리냐? 너도 알다시피 내가 너를 장난삼아 그러는 것도 아니겠고 후사°가 없어 그러는 것이니까, 네가 내 아들이나 하나 낳아주렴. 그러면 내 것이 모두 네 것이 되지 않겠니? 자아, 그러지 말고 오늘 허락을 하렴. 그러면 내일이라도 방원이란 놈을 내쫓고 너를 불러들일 터이니."

"어떻게 내쫓을 수가 있에요?"

"허어, 그것이 그리 어려울 것이 무엇 있니. 내가 나가라는데 제가 나가지 않고 배길 줄 아니?"

"그렇지만 너무 과하지 않을까요?"

"무엇! 저런 생각을 하니까 네가 이 모양으로 이때까지 있었지. 어떻단 말이냐? 그런 것은 조금도 염려하지 말구…… 자아, 또 네서방에게 들킬라, 어서 들어가자."

"먼저 들어가세요."

"왜?"

"남이 보면 수상히 알게요."

• 후사 대를 잇는 자식.

"무얼, 나하고 가는데 수상히 알게 무어야. 어서 가자."

계집은 천천히 두어 걸음 따라가다가,

"영감!"

하고 머춤하고* 서 있다.

"왜 그러니?"

계집은 다시 말이 없이 서 있다가,

"아니에요."

하고,

"먼저 들어가세요."

하며 돌아선다. 영감이 간이 달아서 계집의 손을 잡으며,

"가자, 집으로 들어가자."

그의 가슴은 두근거리는지 숨소리가 잦아진다. 계집은 손을 빼려 하며,

"점잖으신 어른이 이게 무슨 짓이에요."

하면서도 그의 몸짓에는 모든 것을 허락한다는 뜻이 보였다. 영감은 계집의 몸을 끌어안더니 방앗간 뒤로 돌아섰다. 계집은 영감 가슴에 안겨서 정욕이 가득 찬 눈으로 그를 보면서,

"영감."

말 한마디 하고 침 한번 삼키었다.

• **머춤하다** 잠깐 멈칫하다.

"영감이 거짓말은 안 하시지요?"

"아니."

그의 말은 떨리었다. 계집은 영감의 팔을 한 손으로 잡고 또 한 손으로는 방앗간 속을 가리켰다.

"저리로 들어가세요."

영감과 계집은 방앗간에서 이삼십 분 후에 다시 나왔다.

2

사흘이 지난 뒤에 신치규는 방원이를 자기 집 사랑 마당 앞으로 불렀다.

"얘!"

방원은 상전이라 고개를 숙이고,

"예."

공손하게 대답하였다.

"네가 그간 내 집에서 정성스럽게 일한 것은 고마운 일이지마 는……."

점잔과 주짜⁺를 빼면서 신치규는 말을 꺼내었다. 방원의 가슴

• 주짜 거만한 태도.

은 이 '마는'이라는 말 뒤에 이어질 말을 미리 깨달은 듯이 온 전신의 피가 가슴으로 모여드는 듯하더니, 다시 터럭이라는 터럭은 전부 거꾸로 일어서는 듯하였다.

"오늘부터는 우리 집에 사정이 있어 그러니 내 집에 있지 말고 다른 곳에 좋은 곳을 찾아가 보아라."

아무 조건이 없다. 또한 이곳에서도 할 말이 없다. 죽으라고 하면 죽는 시늉이라도 해야 하는 것이다. 주인은 돈 가지고 사람을 사고팔 수도 있는 것이다.

방원은 가슴이 답답하였다. 자기 혼잣몸 같으면 어디 가서 어떻게 빌어먹더라도 살 수 있지마는, 사랑하는 아내를 구해 갈 길이 막연하다. 그는 고개를 굽히고, 허리를 굽히고, 나중에는 마음을 굽히고 사정도 하여보고 애걸도 하여보았다. 그러나 그것은 헛된 일이다. 주인의 마음은 쇠나 돌보다도 더 굳었다.

그는 하는 수 없이 자기 아내에게 그 이야기를 하였다. 그리고 아내더러 안주인 마님께 사정을 좀 하여 얼마간이라도 더 있게 하여 달라고 하여보라고 하였다. 그러나 아내는 방원의 말을 들을 리가 없었다. 도리어,

"그러면 어떻게 한단 말이요? 이제부터는 나를 어떻게 먹여 살릴 터이요?"

"너는 그렇게도 먹고살 수 없을까 봐 겁이 나니?"

"겁이 나지 않고. 생각을 해보구려. 인제는 꼼짝할 수 없이 죽지

않았소?"

"죽어?"

"그럼 임자가 나를 데리고 이곳까지 올 때에 무어라고 하였소? 어떻게 해서든지 너 하나야 먹여 살리지 못하겠느냐고 하였지요?"

"그래."

"그래 얼마나 나를 잘 먹여 살리고 나를 호강시켰소? 이때까지 이태나 되도록 끌구 돌아다닌다는 것이 남의 집 행랑이었지요."

"애, 그것을 내가 모르고 하는 말이냐? 내가 하려고 하지 않아서 그렇게 된 것이냐? 차차 살아가는 동안에 무슨 일이든지 생기겠지. 설마 요대로 늙어 죽기야 하겠니?"

"듣기 싫소! 뿔 떨어지면 구워 먹지.˚ 어느 천년에!"

방원이는 가뜩이나 내쫓기고 화가 나는데 계집까지 그리하니까 속에서 열화가 치밀어 올라왔다.

"이 육시˚를 하고도 남을 년! 왜 남의 마음을 글컹거리니˚?"

"왜 사람에게 욕을 해!"

"이년아, 욕 좀 하면 어떠냐?"

• **뿔 떨어지면 구워 먹지** 든든히 붙어 있는 뿔이 떨어지면 구워 먹겠다고 기다린다는 뜻으로, 도저히 불가능한 일을 바라고 기다리는 것을 비웃는 말.
• **육시** 이미 죽은 사람의 시체에 다시 목을 베는 형벌을 가함.
• **글컹거리다** 남의 마음을 자꾸 긁어 상하게 하다.

"왜 욕을 해!"

계집이 얼굴이 노래지며 대든다.

"이년이 발악인가?"

"누가 발악야. 계집년 하나 건사 못 하는 위인이 계집보고 욕만 하고 한 게 무어야? 그래 은가락지, 은비녀나 한 벌 사 주어보았어? 내가 임자 하자고 하는 대로 하지 않은 것은 없지!"

"이년아! 은가락지, 은비녀가 그렇게 갖고 싶으냐? 이 더러운 년아!"

"무엇이 더러워? 너는 얼마나 정한 놈이냐!"

계집의 입에서는 '놈' 소리가 나오기 시작한다.

"이년 보게! 누구더러 놈이래."

하고 손길이 계집의 낭자°를 후려잡더니 그대로 집어 들고 두어 번 주먹으로 등줄기를 후리었다.

"이 주릿대°를 안길 년!"

발길이 엉덩이를 두어 번 지르니까 계집은 그대로 거꾸러졌다가 다시 일어났다. 풀어 헤뜨린° 머리가 치렁치렁 끌리고, 씰룩한 눈에는 독기가 섞이었다.

"왜 사람을 치니? 이놈! 죽여라 죽여, 어디 죽여 보아라. 이놈!

• **낭자** 시집간 여자가 뒤통수에 땋아서 틀어 올린 머리털.
• **주릿대** 주리를 트는 데에 쓰는 두 개의 긴 막대기.
• **헤뜨리다** 마구 흩어지게 하다.

나 죽고 너 죽자!"

하고 달려드는 계집을 후려쳐서 거꾸러뜨리고서,

"이년이 죽으려고 기를 쓰나!"

방원이가 계집을 치는 것은 그것이 주먹을 가지고 하는 일종의 농담이다. 그는 주먹이나 발길이 계집의 몸에 닿을 때 거기에 얻어맞는 계집의 살이 아픈 것보다 더 찌르르하게 가슴 한복판을 찌르는 아픔을 방원은 깨닫는 것이다. 홧김에 계집을 치는 것이 실상은 자기의 마음을 자기의 이빨로 물어뜯는 것이나 다름이 없는 것이다. 때리는 그에게는 몹시 애처로움이 있고 불쌍함이 있는 것이다. 그러나 자기의 화풀이를 받아주는 사람은 아직까지도 계집밖에는 없었다. 제일 만만하다는 것보다도 가장 마음 놓고 화풀이할 수 있음이다. 싸움한 뒤 하루가 못 되어 두 사람이 베개를 나란히 하고 서로 꼭 끼고 잘 때에는 그렇게 고맙고 그렇게 감격이 일어나는 위안이 또다시 없음이다. 계집을 치고 화풀이를 하고 난 뒤에 다시 가슴을 에는 듯한 후회와 뜨거운 포옹으로 위로를 받을 그때에는, 두 사람 아니라 방원에게는 그만큼 힘있고 뜨거운 믿음이 또다시 없는 까닭이다.

계집은 일부러 소리를 높여 꺼이꺼이 운다.

온 마을 사람이 거의 귀를 기울였으나,

"응…… 또 사랑싸움을 하는군!"

하고 도리어 그 싸움을 부러워하였다. 옆집 젊은것이 와서 싱글싱

글 웃으면서 들여다보며,

"인제 고만두라구."

하며 말리는 시늉을 한다. 동네 아이들만 마당 앞에 죽 늘어서서
눈들이 둥그레서 구경을 한다.

3

그날 저녁에 방원이는 술이 얼근하여 돌아왔다. 아까 계집을 차던
마음은 어느덧 풀어지고 술로 흥분된 마음에 그는 계집의 품이 몹
시 그리워져서 자기 아내에게 사과를 할 마음까지 생기었다. 본시
사람이 좋고 마음이 약하고 다정한 그는, 무식하게 자라난 까닭에
무지한 짓을 하기는 하나 그것은 결코 그의 성격을 말하는 무지함
이 아니다.

그는 비척거리면서 집으로 향하는 길에 거슴츠레하게 풀린 눈
을 스르르 내리감고 혼잣소리로,

"빌어먹을 놈! 나가라면 나가지, 무서운가? 제 집 아니면 살 곳
이 없는 줄 아는 게로군! 흥, 되지 않게 다 무엇이냐. 돈만 있으면
제일이냐. 이놈, 네가 그러다가는 이 주먹맛을 언제든지 볼라. 그
대로 곱게 돼질 줄 아니?"

하고 개천 하나를 건너뛴 후에,

"돈! 돈이 무엇이냐?"

한참 생각하다가,

"에후—"

한숨을 쉬고 나서,

"돈이 사람을 죽이는구나! 돈! 돈! 흥, 사람 나고 돈 났지, 돈 나고 사람 났니?"

또 징검다리를 비척비척하고 건넌 뒤에,

"고 배라먹을˚ 년이 왜 고렇게 포달˚을 부려서 장부의 마음을 긁어놓아!"

그의 목소리에는 말할 수 없이 다정한 맛이 있었다. 그는 자기 계집을 생각하면 모든 불평이 스러지는 듯이, 숙였던 고개를 쳐들어 하늘을 보면서,

"허어, 저도 고생은 고생이지."

하고 다시 고개를 숙인 후,

"내가 너무해. 너무 그럴 게 아닌데……."

그는 자기 집에 와서 문고리를 붙잡고 흔들면서,

"애! 자니? 자?"

그러나 대답이 없고 캄캄하다.

- **배라먹을** 빌어먹을. 일이 뜻대로 되지 않을 때 욕으로 하는 말.
- **포달** 암상(남을 시기하고 샘내는 마음)이 나서 악을 쓰고 함부로 욕을 하며 대드는 일.

"이년이 어디를 갔어!"

그는 문짝을 깨어지라 하고 닫친* 후에 다시 길거리로 나와 그 옆집으로 가서,

"여보, 아주머니! 우리 집 색시 어디 갔는지 보았소?"

밥들을 먹는 옆엣 집 내외는,

"어디서 또 취했소그려! 애 어머니가 아까 머리 단장을 하더니 저 방아께로 갑디다."

"방아께로?"

"네."

"빌어먹을 년! 방아께로는 무얼 먹으러 갔누."

다시 혼자 방아를 향하여 가면서 혼자 중얼거린다.

그는 방앗간을 막 뒤로 돌아서자 신치규와 자기 아내가 방앗간에서 나오는 것을 보았다.

"아!"

그는 너무 뜻밖의 일이므로 아무 말도 하지 못하고 그대로 한참이나 멀거니 서서 보기만 하였다.

그의 눈에서는 쌍심지가 거꾸로 섰다. 열이 올라와서 마치 주홍을 칠한 듯이 그의 눈은 붉어지고 번개 같은 광채가 번뜩거리었다.

그는 한참이나 사지를 떨었다. 두 이가 서로 마주쳐서 달그락달

• **닫치다** 세게 닫다.

그락하였다. 그의 주먹은 부서질 것같이 단단히 쥐어졌다.

계집과 신치규는 방원이 와 선 것을 보고서 처음에는 조금 간담이 서늘하여졌으나 다시 태연하게 내려앉았다. 일이 이렇게 되었으매, 할 대로 하라는 뜻이다.

방원은 달려들어서 계집의 팔목을 잡았다. 그리고 이를 악물고 부르르 떨었다.

"나는 네가 이럴 줄은 몰랐다."

계집은,

"무얼 이럴 줄을 몰라?"

하며 파란°눈으로 흘겨보더니,

"나중에는 별꼴을 다 보겠네. 의례히 그럴 줄을 인제 알았나? 놔요! 왜 남의 팔을 잡고 요 모양이야. 오늘부터는 나를 당신이 그리 함부로 하지는 못해요! 더러운 녀석 같으니…… 계집이 싫다고 그러면 국으로°물러갈 일이지, 이게 무슨 사내답지 못한 일이야? 놔요!"

팔을 뿌리쳤으나 분노가 전신에 가득 찬 그는 그렇게 쉽게 손을 놓지 않았다.

"얘! 네가 이것이 정말이냐?"

• **파랗다** (비유적으로) 언짢거나 성이 나서 냉랭하거나 사나운 기색이 있다.
• **국으로** 제 생긴 그대로. 또는 자기 주제에 맞게.

"정말 아니구. 비싼 밥 먹고 거짓말 할까?"

"네가 참으로 환장을 하였구나!"

"아니 누구더러 환장을 했대? 원, 기가 막혀 죽겠지! 봐요, 봐! 왜 추근추근하게 이 모양야? 봐!"

하고서 힘껏 뿌리치는 바람에 계집의 손이 쑥 빠지었다. 계집은 손목을 주무르면서 암상궂게* 돌아섰다.

이때까지 이 꼴을 멀찍이 서서 보고 있던 신치규는 두어 발자국 나서더니 기침 한 번을 서투르게 하고서,

"얘! 네가 술이 취하였으면 일찍 들어가 자든지 할 것이지, 웬 짓이냐? 네 눈깔에는 아무것도 보이는 것이 없단 말이냐? 너희 연놈이 싸우는 것은 너희 연놈이 어디든지 가서 할 일이지, 여기 누가 있는지 없는지 눈깔에 보이는 것이 없어?"

"엣, 괘씸한 놈!"

눈깔을 부라리었다. 방원은 한참이나 쳐다보고서 말이 없었다. 생각대로 하면 한주먹에 때려누일 것이지마는, 그래도 그의 머릿속에는 아까까지의 상전이라는 관념이 남아 있었다. 번갯불같이 그 관념이 그의 입과 팔을 얽어놓았다*. 어려서부터 오늘날까지 남을 섬겨보기만 한 그의 마음은, 상전이라면 모두 두려워하는 성질

• **암상궂게** 사납게. 심술궂게.
• **얽다** '노끈이나 줄 따위로 이리저리 걸다'라는 뜻으로, 여기서는 '묶다'나 '엮다'의 뜻으로 쓰임.

을 깊이깊이 뿌리박아 놓았다. 그러나 오늘부터는 신치규가 자기의 상전이 아니요, 자기가 신치규의 종도 아니다. 다만 똑같은 사람으로 마주 섰을 뿐이다. 아니다, 지금부터는 신치규도 방원의 원수였다. 그의 간을 씹어 먹어도 오히려 나머지 한이 있는 원수다.

신치규는 똑바로 쳐다보는 방원을 마주 쳐다보며,

"똑바루 보면 어쩔 터이냐? 원, 세상이 망하려니까 별 해괴한 일이 다 많거든. 어쩌 이놈아!"

"이놈아?"

방원은 한 걸음 들어섰다. 나무같이 힘센 다리가 성큼하고 나설 때 신치규는 머리끝이 으쓱하였다*. 쇠뭉둥이 같은 두 주먹이 쑥 앞으로 닥칠 때 그의 가슴은 덜컥 내려앉았다.

"네 입에서 이놈이라는 소리가 나오지? 이 사지를 찢어발겨도 오히려 시원치 못할 놈아! 네가 내 계집을 뺏으려고 오늘 날더러 나가라고 그랬지?"

"어허, 이거 이놈이 눈깔이 삐었군. 애, 나는 먼저 들어가겠다. 너는 네 서방하고 나중 들어오너라!"

신치규는 형세가 위험하니까 슬금슬금 꽁무니를 빼려고 돌아서서 들어가려 하니까, 방원은 돌아서는 신치규의 멱살을 잔뜩 쥐어 한 팔로 바싹 치켜들고,

---

• **으쓱하다** 갑자기 무섭거나 차가움을 느낄 때 몸이 크게 움츠러드는 데가 있다.

"이놈, 어디를 가? 네가 이때까지 맛을 몰랐구나."

하며 한번 잡아채 땅바닥에다가 태질*을 한 뒤에 그대로 타고앉아서* 목줄띠*를 누르니까, 마치 뱀이 개구리 잡아먹을 적 모양으로 깩깩 소리가 나며 말 한마디도 못 한다.

"이놈, 너 죽고 나 죽으면 고만 아니냐?"

하고 방원은 주먹으로 사정없이 닥치는 대로 들이댄다. 나중에는 주먹이 부족하여 옆에 있는 모루돌멩이*를 집어서 죽어라 하고 내리친다. 그의 팔, 그의 몸에는 본능적으로 숨어 있던 잔인성이 조금도 남지 않고 그대로 나타났다. 그의 눈은 마치 펄떡펄떡 뛰는 미끼를 가로채고 앉은 승냥이나 이리와 같이, 뜨거운 피를 보고야 만족하다는 듯이 무섭게 번쩍거렸다. 그에게는 초자연의 무서운 힘이 그의 팔과 다리에 올라왔다.

이 꼴을 보는 계집은 무서웠다. 끔찍끔찍한 일이 목전에 생길 것이다. 그의 맥이 풀린 다리는 마음대로 놓이지 아니하였다.

"아! 사람 살류! 사람 살류!"

적적한 밤중에 쓸쓸한 마을에는 처참한 여자 목소리가 으스스하게 울리었다. 이 소리를 들은 방원은 더욱 힘을 주어서 눈을 딱

• **태질** 세게 메어치거나 내던지는 짓.
• **타고앉았다** 위에 올라가서 그 위에 앉다.
• **목줄띠** 목에 있는 힘줄.
• **모루돌멩이** '모룻돌'처럼 판판하게 생긴 돌멩이를 말하는 듯함.

감고 죽어라 내리 짓찧었다. 뼈가 돌에 맞는 소리가 살이 을크러지는˚ 소리와 함께 '퍽 퍽' 하였다. 피 묻은 돌이 여기저기 흩어지고 갈가리 찢긴 옷에는 살점이 묻었다.

동네 쪽에서는 수군수군하더니 구두 소리가 나며 칼 소리가 덜거덕거리었다. 방원의 머리에는 **번갯불**같이 무엇이 보였다. 그는 손에 주먹을 쥔 채 잠깐 정신을 차려 그쪽으로 귀를 기울였다.

"순검˚……."

그는 신치규의 배를 타고앉아서 순검의 구두 소리를 듣자 비로소 자기가 무슨 짓을 하였는지 깨달았다.

그는 미친 사람처럼 일어났다. 그러고는 옆에 서서 벌벌 떠는 계집에게로 갔다.

"애, 가자! 도망가자! 너하고 나하고 같이 가자! 자! 어서 어서!"

계집은 자기에게 또 무슨 일이 있을까 하여 겁을 내어 도망을 하려 한다. 방원은 계집을 따라가며,

"애! 애! 네가 이렇게도 나를 몰라주니? 내가 너를 어떻게 생각하는지 알지를 못하니? 자! 어서 도망가자! 어서 어서! 뒤에서 순검이 쫓아온다."

• **을크러지다** 마구 눌리어 으스러지고 찌그러지다.
• **순검** 지금의 '순경'과 같은 공무원 계급.

계집은 그대로 서서 종종걸음을 치며,

"싫소! 임자나 가구려. 나는 싫어요, 싫어."

"가자! 응! 가!"

그는 미친 사람처럼 계집의 팔을 붙잡고 끌었다. 그때 누구인지 그의 두 팔을 마치 형틀에 매다는 것같이 꽉 뒤로 껴안는 사람이 있었다.

"이놈아! 어디를 가!"

그는 뒤를 돌아보지 않고 그가 누구인지 알았다. 그는 온 전신에 맥이 풀리어 그대로 뒤로 자빠지려 할 때, 어느덧 널판 같은 주먹이 그의 뺨을 사정없이 갈겼다.

"정신 차려!"

"네."

그는 무의식하게 고개가 숙여지고 말소리가 공손하여졌다.

땅바닥에서는 신치규가 꿈지럭거리며 이리저리 뒹군다. 청승스러운 비명이 들린다.

방원은 포승˚진˚ 채, 계집은 그대로 주재소로 끌려가고, 신치규는 머슴들이 업어 들였다.

• **포승** 죄인을 잡아 묶는 끈.
• **지다** 줄이나 포승 따위에 묶이다.

4

석 달이 지났다. 상해죄로 감옥에서 복역*을 하던 방원은 만기가
되어 출옥을 하였다. 그러나 신치규는 아무 일 없이 자기 집에서
치료하고 방원의 계집을 데려다 산다. 신치규는 온몸이 나은 뒤에
홀로 생각하였다.

'죽는 줄만 알았더니 그래도 이렇게 살아 있으니……'
하고 얼굴에 흠이 진 곳을 만져보며,

'오히려 그놈이 그렇게 한 것이 나에게는 다행이지. 얼굴이 아
프기는 좀 하였으나! 허어.'

'어떻게 그놈을 떼어버릴까 하고 그렇지 않아도 걱정을 하던 차
에 잘되었지. 그놈 한 10년 감옥에서 콩밥을 먹었으면 좋겠다.'

방원은 감옥에서 생각하기를, 나가기만 하면 연놈을 죽여버리
고 제가 죽든지 요정*을 내리라 하였다.

집에서 내쫓기고 계집까지 빼앗기고, 그것을 생각하면 이가 갈
리고 치가 떨리었다. 그것이 모두 자기가 돈 없는 탓인 것을 생각
하매 더욱 분한 생각이 났다.

'에— 더러운 년!'

• **복역** 교도소에 갇혀 징역살이를 함.
• **요정** 결판을 내어 끝마침.

그는 홍바지*에 쇠사슬을 차고서 일을 할 때에도 가끔 침을 땅에다 뱉으면서 혼자 중얼거리었다.

"사람이 이러고서야 살아서 무엇 하나. 멀쩡한 놈이 계집 빼앗기고 생으로 콩밥까지 먹으니······."

그가 감옥에서 나올 때에는 감옥소를 다시 한번 돌아보고, '내가 여기서 마지막으로 목숨을 잃어버리든지 그렇지 않으면 내가 내 손으로 내 목을 찔러 죽든지' 무슨 요정이 날 것을 생각하고 다시 온몸에 힘을 주고 쓸쓸한 웃음을 웃었다.

그는 이백 리나 되는 길을 걸어서 계집이 사는 촌에를 왔다.

그러나 아무도 그를 아는 체하는 사람이 없었다. 전에 친하게 지내던 사람들도 그를 보고 피해 갔다.

마치 문둥병자나 마찬가지 대우를 하였다. 감옥에서 나온 뒤로부터는 더욱이 세상이 차디차졌다. 자기가 상상하던 것보다도 더 무정하여졌다. 그는 하는 수 없이 밤이 될 때까지 그 근처 산속으로 돌아다녔다. 그래서 깊은 밤에 촌으로 내려왔다. 그는 그 방앗간을 다시 지나갔다. 석 달 전 생각이 났다. 자기가 여기서 잡혀갔다는 것을 생각할 때 더욱 억울하고 분한 생각이 치밀어 올라왔다. 그는 한참이나 거기 서서 그때 일을 생각하고 몸서리를 친 후에 다시 그전 집을 찾아갔다.

• **홍바지** 죄수들이 입던 바지. 색깔이 불그스름해서 '홍바지'라고 부른 듯하다.

날이 몹시 추워지고 눈이 쌓였다. 옷은 입은 것이 가을에 입고 감옥에 들어갔던 그것이므로 살을 에는 듯할 것이로되, 그는 분한 생각과 흥분된 마음에 그것도 몰랐다.

'연놈을 모두 처치를 해버려?'

혼자 속으로 궁리를 하다가,

'그렇지. 그까짓 것들은 살려두어 쓸데없는 인생들이야.'

하면서 옆구리에 찌른* 기름한* 단도를 다시 만져보았다. 그는 감격스러운 마음으로 그것을 쓰다듬었다. 그는 신치규의 집 울을 넘어 들어갔다. 그의 발은 전에 다닐 적같이 익숙하였다. 그는 사랑을 엿보고 다시 뒤로 돌아서 건넌방 창 밑에 와 섰다. 귀를 기울였으나 아무 말도 들리지 않았다. 그는 손에 칼을 빼 들었다. 그러고는 일부러 뒷창문을 달각달각 흔들었다.

"그 뉘?"

하고 계집의 머리가 쑥 나오며 문이 열리었다. 그는 얼른 비켜섰다. 문은 다시 닫히고 계집은 들어갔다.

방원의 마음은 이상하게 동요가 되었다. 예쁜 계집의 목소리가 오래간만에 귀에 들릴 때, 마치 자기가 감옥에서 꿈을 꿀 적 모양으로 요염하고도 황홀하게 그의 마음을 꾀는 것 같았다. 그는 꿈

• **찌르다** 틈이나 사이에 무엇을 꽂아 넣다.
• **기름하다** 조금 긴 듯하다.

속에서 다시 만난 것 같고 오래간만에 그를 만나보매 모든 결심은 얼음같이 녹는 듯하였다. '그래도 계집이 설마 나를 영영 잊어버리랴' 하고 옛날의 정리*를 생각할 때. 그것이 거짓말이 아니고 무엇이랴는 생각이 났다.

아무리 자기를 감옥에까지 가게 하였다 하더라도 그는 감히 칼을 들어 죽이려는 용기가 단번에 나지 않아서 주저하기 시작했다.

'아니다, 다시 한 번만 물어보자!'

그는 들었던 칼을 다시 잡고 생삭하였다.

'거짓말이다. 거짓말이다! 그럴 리가 없다.'

그는 반신반의하였다.

'그렇다. 한 번만 다시 물어보고 죽이든 살리든 하자!'

그는 다시 문을 달각달각하였다. 계집은 이번에 다시 문을 열고 사면을 둘러보더니 헌 짚신짝을 신고 나왔다.

"뉘요?"

그가 방원이 서 있는 집 모퉁이를 돌아서려 할 제,

"내다!"

하고 입을 틀어막고 칼을 가슴에 대었다.

"떠들면 죽어!"

방원은 계집의 입을 수건으로 틀어막고 결박을 한 후 들쳐업고

• **정리** 인정과 도리.

94

서 번개같이 달음질하였다. 그는 어느 결에 계집을 업어다가 물레 방아 앞에 내려놓은 후 결박을 풀었다. 그리고 한숨을 쉬었다.

"나를 모르겠니?"

캄캄한 그믐밤에 얼굴을 바짝 계집의 코 앞에 들이대었다. 계집은 얼굴을 자세히 보더니,

"아!"

소리를 지르더니 뒤로 물러섰다.

"조금도 놀랄 것이 없다. 오늘 네가 내 말을 들으면 살려줄 것이요, 그렇지 않으면 이것이야!"

하고 시퍼런 칼을 들이대었다. 계집은 다시 태연하게,

"나 말요? 임자의 말을 들으려 할 것 같으면 벌써 들었지요. 이때까지 있겠소? 임자도 남의 마음을 알 거요. 임자와 나와 2년 전에 이곳으로 도망해 올 적에도 전남편이 나를 죽이겠다고 허리를 찔러 그 흠이 있는 것을 날마다 밤에 당신이 어루만졌지요? 내가 그까짓 칼쯤을 무서워서 나 하고 싶은 것을 못 한단 말이요? 힝, 이게 무슨 비겁한 짓이요, 사내자식이. 자! 찌르려거든 찔러보아요. 자, 자!"

계집은 두 가슴을 벌리고 대들었다. 방원은 너무 계집의 태도가 대담하므로 들었던 칼이 도리어 뒤로 움찔할 만큼 기가 막혔다. 그는 무의식하게,

"정말이냐?"

하고 한 걸음 더 가까이 나섰다.

"정말이 아니고? 내가 비록 여자이지마는 당신같이 겁쟁이는 아니라오! 이것이 도무지 무엇이요?"

계집은 그래도 두려웠던지 방원의 손에 든 칼을 뿌리쳐 땅에 떨어뜨리었다.

이 칼이 땅에 떨어지자 방원은 이때까지 용사와 같이 보이던 계집이 몹시 비겁하고 더러워 보여 다시 칼을 집어 들고 덤비었다.

"에잇, 간사한 년! 어쩔 터이냐? 나하고 당장에 멀리 가지 않을 터이냐? 자아, 가자!"

그는 눈물이 어린 눈으로 타일러 보기도 하고 간청도 하여보았다.

"자아, 어서 옛날과 같이 나하고 멀리멀리 도망가자! 나는 참으로 나의 칼로 너를 죽일 수는 없다!"

계집의 눈에는 독이 올라왔다. 광채가 어두운 밤에 번개같이 번쩍거리며,

"싫어요. 나는 죽으면 죽었지 가기는 싫어요. 이제 나는 고만 그렇게 구차하고 천한 생활을 다시 하기는 싫어요. 고만 물렸어요."

"너의 입으로 정말 그런 말이 나오느냐? 너는 나를 우리 고향에 다시 돌아가지도 못하게 만들어놓고, 나의 모든 것을 다 잃어버리게 한 후에 또 나중에는 세상에서 지옥이라고 하는 감옥소에까지 가게 하였지! 그러고도 나의 맨 마지막 원을 들어주지 않을 터이냐?"

"나는 언제든지 당신 손에 죽을 것까지도 알고 있소. 자, 오늘 죽으나 내일 죽으나 언제든지 죽기는 일반. 이렇게 된 이상 나를 죽이시오."

"정말이냐? 정말이야?"

"정말요!"

계집은 결심한 뜻을 나타내었다. 방원의 손은 떨리었다. 그리고 그는 눈을 꼭 감고,

"에, 여우 같은 년!"

하고 칼끝을 계집의 옆구리를 향하고 힘껏 내밀었다. 계집은 이를 악물고,

"사람 죽인다!"

소리 한 번에 그 자리에 거꾸러졌다. 칼자루를 든 손이 피가 몰리는 바람에 우루루 떨리더니 피가 새어 나왔다. 방원은 그 칼을 빼어 들더니 계집 위에 거꾸러져서 가슴을 찌르고 절명하여* 버렸다.

《나도향 대표 12단편선》(문원출판사, 1976)에 실린 작품을 바탕으로 함.

• **절명하다** 목숨이 끊어지다. 죽다.

작품 이해하기

이 소설은 1925년 《조선문단》에 실린 단편소설이다. 표면적으로는 주인과 종이라는 계급 간의 갈등과 대립을 드러내고 있는 것처럼 보이지만, 이면적으로는 남녀 간의 성욕을 둘러싼 인간의 본성에 초점을 맞추고 있다. 즉 가진 자인 신치규와 못 가진 자인 방원의 대립과 갈등을 그리되, 본능적인 육구를 지닌 신치규와 물질에 대한 탐욕을 지닌 방원의 아내가 빚어내는 인간성의 타락에 대한 비판 의식을 드러내고 있는 것이다.

방원은 가난하지만 아내를 사랑할 줄 아는 순박한 사람이다. 2년 전 방원은 아내와 고향에서 도망쳐 신치규의 집에서 막실살이를 하고 있다. 그는 가난하고 힘들어도 아내와 함께하는 삶에 만족한다. 어느 가을밤, 신치규는 방원 처에게 후사를 이어주면 원하는 것을 모두 들어주겠다고 한다. 방원 처는 신치규에게 다짐을 받고 물레방앗간에서 몸을 허락한다. 사흘 뒤 신치규는 방원을 불러 자기 집에서 나가라고 말한다.

방원은 주인과 주인 아내에게 빌어보았으나 소용이 없어 아내에게 사실대로 말한다. 그러나 이미 마음을 돌린 방원 처는 화를 낸다. 방원은 부부싸움 끝에 아내를 때리고 술을 마시러 나간다. 집으로 돌아온 방원은 아내를 찾아 나섰다가 물레방앗간에서 나오는 아내와 신치규를 목격한다. 이제는 주인과 종의 관계가 아닌 입장에서 시비 끝에 방원은 신치규를 폭행하고 붙잡혀 간다.

3개월 간의 감옥 생활을 마치고 돌아오니, 아내는 이미 신치규와 살림을 차린 뒤다. 방원은 둘을 죽이러 가지만, 오랜만에 듣는 아내의 목소리에 방원의 결심은 흔들린다. 방원은 칼을 들이대면서 아내에게 같이 도망가자고 애원하지만 아내는 이를 거절한다. 사랑과 생계를 모두 잃게 된 방원은 결국 아내를 죽이고 자신도 죽는다.

이 작품에서 '물레방아'는 끊임없이 돌고 도는 인생을 상징한다. 방원의 아내가 이미 전남편을 버리고 방원과 도망을 친 것처럼, 이제는 방원을 버리고 신치규와 살려고 한다는 점에서 물레방아처럼 돌고 도는 인생의 모습을 보이고 있다. 아울러 가난이 되풀이되는 환경적 요인이 한 여인에게 얼마나 커다란 영향을 미치는가를 보여주고 있다. 비극적 결말은 물질에 대한 지나친 욕심과 윤리적 타락이 빚어낸 결과라 할 수 있다.

이 작품은 지주와 머슴과의 관계, 머슴 아내에 대한 지주의 불륜 같은 작중 현실을 설정해 놓고도 계급적인 갈등에 초점을 맞추고 있지 않다. 방원과 아내의 인간적 고뇌와 본능에 맞추어서 성적 본능과 탐욕이 뒤얽힌 치정 문제에 비중을 두고 있다. 방원의 분노가 개인적인 원한에서 비롯된다는 점, 결말에서 보는 것처럼 감옥에서 나온 방원이 아내를 찾아 결국 죽이고 만다는 점 등에서 이를 확인할 수 있다.

이 작품에서 아내의 모습은 가난으로 인한 윤리적 타락이라는 측면에서,

김동인의 <감자>에 나오는 '복녀'의 모습과 일맥상통하는 측면이 있으나, 남편을 대하는 태도에서는 복녀와 전혀 상반된다. 주인인 신치규의 유혹에 쉽게 빠져들면서도 남편에게는 잔혹할 만큼 냉담한 모습을 보여주고 있기 때문이다. 그녀의 죽음은 지나친 욕망과 그에 따른 윤리적인 타락에서 연유한 결과라고 할 수 있다.

작품 깊이읽기

돌고 도는 운명의 물레방아

'물레방아'는 떨어지는 물의 힘으로 바퀴를 돌려 곡식을 찧거나 빻는 기구로, 시골 마을에서 흔히 볼 수 있었다. 물레방아는 목가적 서정을 함축하는 동시에, 바퀴가 돌 때마다 공이가 오르내리며 곡식을 찧거나 빻는 모습에서 성적인 분위기를 풍기는 농기구다. 보통 물레방아는 동네에서 약간 외진 곳에 위치해 있어, 남녀가 은밀히 만날 수 있는 장소이며 사랑이 이루어지는 공간이 되기도 한다.

이 작품에서 물레방아는 방원의 아내와 신치규, 그리고 방원 간의 갈등을 촉발하는 공간이 된다. 또 방원이 끝내 물레방아 앞에서 아내를 죽이고 자기도 죽게 된다는 점에서, 물레방아는 비극의 시작점이며 동시에 종착점이기도 하다.

물레방아는 끊임없이 움직이지만 한 치도 앞으로 나아가지 못하고 제자리걸음을 계속한다. 이런 점에서 숙명의 굴레를 벗어나려고 애쓰는 방원의 의지가 끝내 좌절하게 됨을 상징한다고 할 수 있다.

이지적이고 창부형으로 생긴 방원의 처

방원의 처는 '예쁜 입, 뾰르퉁한 뺨이며, 콧날이 오뚝한 데다가 후리후리한 키에 떡 벌어진 엉덩이가 아무리 보더라도 무섭게 이지적인 동시에 또는 창부형으로 생긴' 여인이다. 창부형이라는 데서 남자들을 끌어들이는 매력이 있다는 것을 알 수 있고, 무섭게 이지적이라는 데서 계산적인 면모를 엿볼 수가 있다. 애초에 전남편을 버리고 방원을 따라나선 것도 방원 처의 판단이었고, 다시 신치규를 선택한 것도 그녀의 판단이다. 그런 면에서 방원 처는 더 나은 삶을 위해 계산적으로 행동하는 이지적인 인물이라 할 수 있다.

방원의 처가 방원을 버리고 신치규를 따르는 것은 물질적인 걱정 없이 살고자 하는 욕구 때문이다. 그녀는 자신이 욕망하는 것이 생긴다면 미련 없이 신치규도 떠날 수 있는 여자다. 방원 처는 자신의 욕구로 인해 목숨의 위협을 받게 되더라도 그것 역시 감수해야 할 몫으로 여긴다. 그녀의 이런 무섭도록 이지적인 모습은 결국 자신은 물론 방원까지 죽음으로 이끌고 간다.

모든 것을 잃게 된 방원

방원은 신치규를 상전으로 모셔야 한다는 봉건적 관념에 얽매인 순박하고 우직한 농사꾼이었다. 하지만 아내의 변심과 신치규의 강압적 해고를 계기로 성격이 변화한다. 신치규의 집에서 막실살이를 할 때는 주종 관계로 어쩔 수 없이 순종해야 했지만, 해고된 뒤에 물레방앗간에서 함께 나오는 아내와 신치규를 마주했을 때는 신치규와 대등한 관계에서 갈등을 일으키게 된다.

이러한 갈등의 결과로 감옥을 가게 된 방원은, 감옥에서 나온 뒤에 신치규와 아내를 모두 죽여버리겠다는 마음까지 먹게 된다.

방원은 감옥에서 나온 뒤 아내를 찾아가서는 다시 자기와 함께하자고 말한다. 아내를 타일러 새로운 삶을 모색하려 하지만, 아내는 눈도 깜짝하지 않는다. 상실감과 분노에 찬 방원은 아내를 죽이고 자신도 생을 마감한다.

차디찬 겨울 같은 세상

방원은 신치규를 폭행한 죄로 석 달을 지옥 같은 감옥에서 지낸다. 감옥에서 나와 이백 리 길을 걸어서 아내가 있는 마을에 간다. 하지만 아무도 그를 아는 척하지 않는다. 전에 친하게 지내던 사람들도 피해 가고, 문둥병자와 같이 대우를 한다. 방원은 자신이 생각한 것보다 세상은 훨씬 더 무정하고 차디차다고 느낀다.

아내를 찾아갈 때는 날이 몹시 추워지고 눈이 쌓인 겨울날이다. 가을에 감옥에 들어갔기 때문에 방원이 입고 있는 옷은 가을옷이다. 살을 에는 듯한 추위에도 불구하고 그는 분한 생각과 흥분된 마음에 그것을 느끼지 못하고 있다. 하지만 그의 현실은 겨울의 추위만큼 냉엄하다. 방원은 겨울의 추위를 느끼지 못할 정도로 아내에 대한 열정을 지니고 있지만, 차디찬 겨울 같은 현실에서 벗어날 수 없었던 것이다. 아무것도 가진 것이 없는 방원은 비정한 세상에서 생계와 사랑을 모두 잃고 죽게 된다.

벙어리 삼룡이 삼룡이

물 레 방 아

뽕

지 형 근

뽕

1

안협집이 부엌으로 물을 길어가지고 들어오매 쇠죽을 쑤던 삼돌이란 머슴이 부지깽이로 불을 헤치면서,

"어젯밤에는 어디 갔었습던교?"

하며 불밤송이 같은 머리에 왜수건[•]을 질끈 동여 뒤통수에 슬쩍 질러 맨 머리를 번쩍 들어 안협집을 훑어본다.

"남 어데 가고 안 가고 임자가 알아 무엇 할 게요?"

안협집은 별 꼴사나운 소리를 듣는다는 듯이 암상스러운[•] 눈을 흘겨보며 톡 쏴버린다.

조금이라도 염량[•]이 있는 사람 같으면 얼굴빛이라도 변하였을 것 같으나, 본시 계집의 궁둥이라면 염치없이 추근추근 쫓아다니며 음흉한 술책을 부리는 삼십이나 가까이 된 노총각 삼돌이는 도

• **왜수건** 예전에, 개량된 수건을 재래식 수건에 상대하여 이르던 말.
• **암상스럽다** 좀 못마땅하거나 얄미운 데가 있다.
• **염량** 선악과 옳고 그름을 분별하는 슬기.

리어 비웃는 듯한 웃음을 웃으면서,

"그리 성낼 게야 무엇 있습나? 어젯밤 안줜 심바람*으로 임자 집을 갔었으니깐두루 말이지."

하고 털 벗은 송충이 모양으로 군데군데 꺼칫꺼칫하게 난 수염을 숯검정 묻은 손가락으로 두어 번 쓰다듬었다.

"어젯밤에도 김 참봉 아들네 사랑방에서 자고 왔습네그려?"

삼돌이는 싱긋 웃는 가운데에도 남의 약점을 쥔 비겁한 즐거움 이 나타났다.

'무엇이 어쩌고 어째? 이 망나니 같은 놈……'

하는 말이 입 바깥까지 나왔던 안협집은 꿀꺽 다시 집어삼키면서,

"남 어데 가 자든 말든 상관할 것이 무엇인고!"

하며 물동이를 이고서 다시 나가려 하니까,

"흥! 두고 보소. 가만있을 줄 알았다가는……."

"듣기 싫어! 별 꼬락서니를 다 보겠네."

2

강원도 철원 용담이라는 곳에 김삼보라는 자가 있으니, 나이는 삼

• **안줜 심바람** 안주인 심부름.

십오륙 세나 되었고, 키는 작달막하여 목은 다가붙고 얼굴빛은 노르께하며, 언제든지 가죽 창* 박은 미투리*에 대갈 편자*를 박아 신고 걸음을 걸을 적마다 엉덩이를 내저으므로, 동리에서는 그를 '땅딸보 김삼보', '아편쟁이 김삼보', '오리궁둥이 김삼보'라고 부르는데, 한 달에 자기 집에 붙어 있는 날이 이틀이라면 꽤 오래 있는 셈이요 하루라면 예사다. 그러고는 언제든지 나돌아다니므로, 몇 해 전까지도 잘 알지 못하였으나 차차 동리서 소문이 돌기를 '노름꾼 김삼보'라는 말이 퍼지자 점점 알아본즉, 딴은 강원도, 황해도, 평안도 접경을 넘어 다니며 골패* 투전으로 먹고 지내는 것이 알려지게 되었다.

그 노름꾼 김삼보의 여편네가 아까 말하던 안협집이니, 안협(安峽)은 즉 강원, 평안, 황해 삼도 품에 있는 고읍(古邑)의 이름이다.

그 안협집을 김삼보가 얻어 오기는 지금으로부터 5년 전 안협집이 스물한 살 되던 해인데, 어떻게 해서 얻었는지 자세히는 알지 못하나 사람들의 말을 들으면 술 파는 것을 눈을 맞추어서 얻

- **창** 신의 밑바닥 부분에 덧대어 붙이는, 가죽이나 고무의 조각.
- **미투리** 실, 삼껍질, 헝겊, 종이 등을 가늘게 꼰 줄로 만든 신.
- **대갈 편자** '대갈'은 '말굽에 편자를 박을 때 쓰는 쇠못'이고, '편자'는 '말굽을 보호하기 위해 말굽에 대어 붙이는 쇳조각'을 이른다. 여기서는 미투리 밑창에 쇳조각을 덧붙여 신었다는 말이다.
- **골패** 납작하고 네모진 검은 나뭇조각 32개에 상아나 짐승 뼈를 붙이고 여러 가지 수효를 나타내는 크고 작은 구멍을 새긴 노름 도구.

었다고 하기도 하고, 계집이 김삼보에게 반해서 따라왔다기도 하고, 또는 그런 것 저런 것도 아니라 계집의 전남편과 노름을 해서 빼앗았다고 하는데, 위인* 된 품으로 보아서 맨 나중 말이 가장 유력할 것 같다고 동리 사람들이 말을 한다.

처음에 안협집이 동리에 오자 그 동리 그 또래 계집들은 모두 석경(石鏡)*을 들여다보게 되었다. 안협집이 비록 몸은 그리 귀하게 태어나지 못하였으나 인물이 남달리 고운 점이 있어, 동리 젊은것들이 암연히* 부러워도 하고 질투도 하게 되고, 또는 석경 속에 비친 자기네들의 예쁘지 못한 얼굴을 쥐어뜯고 싶기도 하였으니, 지금까지 '나만 한 얼굴이면……' 하는 자만심이 있던 젊은 계집들에게 가엾게도 자가결함이 폭로되는 환멸을 느끼게 하기까지도 하였다.

그러나 촌구석에서 아무렇게 자란 데다가 먼저 안 것이 돈이었다.

'돈만 있으면 서방도 있고, 먹을 것 입을 것이 다 있지.'

하는 굳은 신조는 자기 목숨을 내어놓고는* 무엇이든지 제공하여 부끄러운 것이 없었다.

십오륙 세 적, 참외 한 개에 원두막 속에서 총각 녀석들에게 정

- **위인** 사람 됨됨이. 됨됨이로 본 그 사람.
- **석경** 유리로 만든 작은 거울.
- **암연히** 드러내지 않고.
- **내어놓고는** 제외하고는.

조를 빌린 것이나, 벼 몇 섬, 돈 몇 원, 저고릿감 한 벌에 그것을 빌리는 것이, 분량과 방법이 조금 높아졌을 뿐이요 그 관념은 동일하였다.

그리하여 이곳으로 온 뒤에도 동리에서 돈푼이나 있고 얌전한 젊은 사람은 거의 다 한 번씩은 후려내었으니*, 그것은 남자 편에서 실없는 짓 좋아하는 이에게 먼저 죄가 있다 하는 것보다도 이쪽 안협집에게 그 책임이 더 있다고 할 수 있고, 또 그것보다 더 큰 죄는 그 남편 되는 노름꾼 김삼보에게 있다고 할 수가 있으니, 그것은 남편 노름꾼이 한 달에 한 번을 올까 말까 하면서도 올 적에는 빈손을 들고 오는 때가 많으니, 젊은 계집 혼자 지낼 수가 없으매 자연히 이 집 저 집 동리로 다니며 품방아도 찧어주고 김도 매주고 진일도 하여주며 얻어먹다가, 한번은 어떤 집 서방님에게 실없는 짓을 당하고 나서 쌀 말과 피륙 두 필을 받아보니 그처럼 좋은 벌이가 없어 차츰차츰 이번에는 자기가 스스로 벌이를 시작하여 마치 장사하는 사람이 거래 단골을 트듯이 이 사람 저 사람을 집어먹기 시작하더니, 그것도 차차 눈이 높아지니까 웬만한 목도꾼* 패장*이나 장돌림*, 조금 올라서서 순사 나리쯤은 눈으로 거

• **후려내다** 매력이나 그럴듯한 수단으로 남의 정신을 흐리게 하여 꾀어내다.
• **목도꾼** 무거운 물건을 목도(두 사람 이상이 짝이 되어, 무거운 물건이나 돌덩이를 얽어맨 밧줄에 몽둥이를 꿰어 어깨에 메고 나름)하는 것을 직업으로 하는 사람.
• **패장** 패의 우두머리.
• **장돌림** 여러 장으로 돌아다니면서 물건을 파는 장수.

들떠보지도 않게 되고, 적어도 그곳에서는 돈푼도 상당하고 여간
해서 손아귀에 들지 않는다는 자들을 얼러보기 시작하게 되었던
것이다.

그 후부터는 일하지 않고 지내며 모양내고 거드름 부리고 다니
는데…… 자기 남편이 오면,

"이번에는 얼마나 땄습노?"

하고 포르께한* 눈을 사르르 내리뜬다.

"딴 게 뭔가, 밑천까지 올렸네*."

삼보는 목뒤를 쓰다듬으며 입맛을 다신다. 그러면 안협집은 전
에 없던 바가지를 긁으며,

"불알 두 쪽을 달구서 그래 계집만두 못하다는 말요?"

하고서 할 말 못 할 말을 불어서 풀을 잔뜩 죽여놓은 뒤에는, 혹시
서방이 알면 경*이 내릴까 하여 노자*랑 밑천 푼을 주어서 배송*을
낸다. 그러면 울며 겨자 먹기로 삼보는 혼자 한숨을 쉬면서,

"허허, 실상 지금 세상에는 섣부른 불알보다는 계집 편이 훨씬
낫니라."

- **포르께하다** 파르께하다. 파르스름하다.
- **올리다** 재산이나 밑천 따위를 헛되이 써 없애거나 잃다.
- **경** 얼굴이나 팔뚝의 살을 따고 홈을 내어 먹물로 죄명을 찍어 넣던 벌. 여기서는 '심한 벌'
  정도의 뜻임.
- **노자** 먼 길을 떠나 오가는 데 드는 비용.
- **배송** 기회를 엿보아 떠나보냄.

하고 봇짐을 짊어지고 가버린다.

3

이렇게 이삼 년을 지내고 난 어떤 가을에 삼돌이란 놈이 그 뒷집 머슴으로 왔는데, 놈이 어느 곳에서 어떻게 빌어먹던 놈인지는 모르나, 논맬 때 콧소리나마 아리랑타령 마디나 똑똑히 하고 술잔이나 먹을 줄 알며, 동료들 가운데 나서면 제법 구변*이나 있는 듯이 떠들어젖히는 것이 그럴듯하고, 게다가 힘이 세어서 송아지 한 마리 옆에 끼고 개천 뛰기는 밥 먹듯 하는 까닭에 동리에서는 '호랑이 삼돌이'로 이름이 높다.

　놈이 음침하여, 오던 때부터 동리 계집으로 반반한 것은 남모르게 모두 건드려보았으나 안협집 하나가 내내 말을 듣지 않으므로 추근추근 귀찮게 구는데, 마침 여름이 되어 자기 집주인 마누라가 누에를 놓고 혼자는 힘이 드니까 안협집을 불러서 같이 누에를 길러 실을 낳거든* 반분하자는 약속을 한 후 여름내 같이 누에를 치게 된 것을 알고 어떤 틈 기회만 기다리며,

* **구변** 말을 잘하는 재주나 솜씨.
* **낳다** 실을 만들다. 실로 옷감을 짜다.

112

'흥, 계집년이 배때가 벗어서* 말쑥한 서방님만 어르더라. 어디 두고 보자. 너도 깩소리 못 하고 한번 당해야 할걸! 건방진 년!' 하고는 술잔이나 취하면 주먹을 들었다 놓았다 한다.

이제 주인 마누라가 치는 누에가 거의 오르게 되자 뽕이 떨어졌다. 자기 집 울타리에 심은 뽕은 어림도 없이 다 따다 먹이었고, 그 후에는 삼돌이란 놈을 시켜서 날마다 10리나 되는 건넛말 일갓집 뽕을 얻어다 먹이었으나 그것도 이제는 발가숭이가 되게 되었다.

인제는 뽕을 사다 먹이는 수밖에 없게 되었다. 그러나 사다가 먹이자면 돈이 든다.

주인 노파는 담뱃대를 물고서 생각하여 보았다.

'개량 뽕이 좋기는 좋지마는 돈을 여간 받아야지. 그리고 일일이 사서 먹이려다가는 뽕값으로 다 들어가고 남는 것이 어디 있나.'

노파 생각에는 돈 한 푼 안 들이고 공짜로 누에를 땄으면 좋을 것이다. 돈 한 푼을 들인다면 그 한 푼이 전 수확에서 나오는 이익의 전부같이 생각되어 못 견디었다. 그뿐 아니라 자기 혼자 이익을 먹는 것 같으면 모르거니와 안협집하고 동사*로 하는 것이므로, 안협집이 비록 뼈가 부서지도록 일을 한다 하더라도 그 힘이 자기 주머니에서 나가는 돈 한 푼만 못해 보인다. 그래서 뽕을 어

• **배때가 벗다** 행동이나 말이 아주 거만하고 건방지다. '배때'는 '배'를 속되게 이르는 말.
• **동사** 공동으로 같이하는 일.

떻게 공짜로, 돈 안 들이고 얻어 올 궁리를 하고 있다가 안협집이 마침 마당으로 들어서매,

"뽕 때문에 일 났구려."

하며 안협집에게는 무슨 도리가 없느냐고 물어보았다.

"글쎄."

안협집 생각은 주인의 마음과 또 달라서 남의 주머니 돈 백 냥이 내 주머니 돈 한 냥만 못하다. 그래서 '돈 주면 살걸' 하는 듯이 심상하게* 있다.

"어떻게 해서든지 구해 와야지."

서로 얼굴만 쳐다볼 때, 들에 나갔던 삼돌이란 놈이 툭 튀어 들어오다가 이 소리를 듣더니 제 딴은 동정하는 표정으로,

"그것 일 났쉐다. 어떻게 하나……."

한참 허리를 짚고 생각을 해보더니,

"허 참! 그 뽕은 좋더라마는…… 똑 되기를 미선* 조각같이 된 놈이 기름이 지르르 흐르는데, 그놈을 먹이기만 하면 고치가 차돌같이 여물 거야!"

들으라는 말인지 혼잣말인지는 모르나 한마디를 탁 던지고 말이 없다. 귀가 반짝 띈 주인은,

• **심상하게** 대수롭지 않게.
• **미선** 조류나 어류의 꼬리를 본떠 만든 부채.

"어디 그런 것이 있단 말이야?"

하며 궁금증 난 사람처럼 묻는다.

"네, 저 새술막에 있는 것 말씀이요."

'혹시 좋은 수가 있을까?' 하려다가…… 남의 뽕밭, 더구나 그 것으로 살아가는 양잠소* 뽕이라 말씨름만 하는 것이 될 것 같으 므로,

"응! 나도 보았지. 그게 그렇게 잘 되었나? 잘 되었겠지. 그렇지 만 그런 것이야 짐으로 있으면 무엇 하니?"

"언제 보셨어요?"

"보기야 여러 번 보았지. 올봄에 두릅 따러 갔다가도 보고."

삼돌이란 놈이 한참 있다가 싱긋 웃더니 은근하게,

"쥔 마님! 제가 뽕을 한 짐 져다 드릴 것이니 탁주 많이 먹이시 렵니까?"

듣던 중에도 그렇게 반가운 소리가 또 어디 있으랴.

"작히* 좋으랴. 따 오기만 하면 탁주에다 젓이라도 담그마."

귀찮스런 삼돌이도 이런 때는 쓸 만하다는 듯이 안협집도 환심 얻으려는 듯한 웃음을 웃으며 삼돌이를 보았다. 삼돌이는 '사내자 식의 솜씨를 네 앞에 보여주리라' 하는 듯이 기운이 나며 만족하

• **양잠소** 누에를 치는 시설이 있는 곳.
• **작히** 얼마나.

였다.

그날 밤 저녁을 먹고 자정 때나 되더니 삼돌이는 눈을 비비며 일어나서 문 밖으로 나갔다. 나갔다가 한 두어 시간 만에 무엇인지 지고 오더니 그것을 뒤꼍 건넌방 창 밑에 뭉뚱그려 놓았다. 이튿날 보니까 딴은 미선 쪽 같은 기름이 흐르는 뽕잎이었다.

"어디서 났을꼬?"

주인하고 안협집은 수군수군하였다.

"그 녀석이 밤에 도둑질을 해 온 게지. 뽕은 참 좋소. 그렇지?"

"참 좋쇠다. 날마다 이만큼씩만 가져오면 넉넉히 먹이겠쇠다."

두 사람은 뽕을 또 따 오지 않을까 보아서 아무 말도 아니 하고,

"참 뽕 좋더라. 오늘도 좀 따 오렴."

하고 충동인다*. 놈은 두 손을 내저으며,

"쉬— 떠드시지 맙쇼. 큰일 나죠. 그것이 그렇게 쉬워서야 그 노릇만 하게요. 까딱하다가는 다리 마디가 두 동강이 날걸요."

도둑해 온 삼돌이나 받아들인 두 사람이나 '도둑질 왜 했소' 하는 말은 없으나 서로 알고 있다.

그러자 하루는 주인이 안협집더러,

"여보, 이번에는 임자가 하루 저녁 가보구려. 그놈이 혹시 못 가게 되더래도 임자가 대신 갈 수 있지 않수. 또 고삐가 길면은 밟힌

• **충동이다** 어떤 일을 하도록 남을 부추기다.

다구, 무슨 일이 있을는지 모르니 임자가 둘이 가서 한목* 많이 따오는 것이 좋지 않수."

안협집이 삼돌이를 꺼리는 줄 알지마는 제 욕심에 입맛이 달아서 자꾸자꾸 충동인다.

"따다가 잡히면 어찌하구유?"

"무얼! 밤중에 누가 알우? 그리고 혼자 가라오, 삼돌이란 놈하고 가랬지."

"글쎄 운이 글러서 잡히거나 하면 욕이지요."

잡히는 것보다도 안협집의 걱정은 보기도 싫은 삼돌이란 녀석하고 밤중에 무인지경*에를 같이 가라니 그것이 딱한 일이다.

안협집의 정조가 헤프기로 유명한 만치 또 매몰스럽기도 유명하여, 한번 맘에 들지 않으면 죽어도 막무가내다. 그것은 만 냥 금을 주어도 거들떠보지도 아니한다. 그런데 삼돌이가 그중에 하나를 참예하여* 간장을 태우는 모양이다.

안협집은 생각하고 생각하여 결심해 버렸다.

'빌어먹을 녀석이 그따위 맘을 먹거든 저 죽이고 나 죽지. 내 기운은 없어도……'

* **한목** 한꺼번에 몰아서 함을 나타내는 말.
* **무인지경** 사람이 살고 있지 않은 외진 곳.
* **참예하다** 어떤 일에 끼어들어 관계하다. '그중에 하나를 참예하여'는 '그중에 하나가 되어'의 뜻임.

하고 쌀쌀하게 눈을 가로° 뜨고 맘을 다가° 먹었다. 그러고는 뽕을 따러 가기로 하였다.

삼돌이는 어깨에서 춤이 저절로 추어진다.

'에, 이것이 정말인가 거짓말인가? 이제는 때가 왔구나. 인제는 제가 꼭 당했지.'

놈이 신이 나서 저녁 먹고 마당 쓸고 소여물 주고, 도야지·병아리 새끼 다 몰아넣고 앞뒤로 돌아다니며 씻은 듯 부신 듯° 다 해놓고, 목물하고° 발 씻고, 등거리° 잠방이°까지 길아입은 후 곰방대에 담배를 꾹꾹 눌러 듬뿍 한 모금 빨아 휘— 내뿜으며 시간 오기만 기다린다.

4

안협집은 보자기를 가지고 삼돌이를 따라서 뽕밭을 향하여 간다.

• **가로** 옆으로 길게.
• **다가** '다져', '굳게'의 뜻인 듯함.
• **씻은듯 부신듯** 아무것도 남지 아니하고 아주 깨끗하게 없어진 모양을 이르는 말.
• **목물하다** 상체를 굽혀 엎드린 채로 다른 사람의 도움을 받아 허리에서부터 목까지를 물로 씻다.
• **등거리** 등만 덮을 만하게 걸쳐 입는 홑옷.
• **잠방이** 가랑이가 무릎까지 내려오도록 짧게 만든 홑바지.

날이 유달리 깜깜하여 앞의 개천까지 자세히 보이지 않는다. 돌부리가 발부리를 건드리면 안협집은 '에구' 소리를 내며 천방지축°으로 다리도 건너고 논이랑도 지나고 하여 길 반쯤 왔다.

삼돌이란 놈은 속으로 궁리를 하였다.

'뽕을 따기 전에 논이랑으로 끌고 가…… 아니지, 그러다가는 뽕두 못 따가지고 오면 어떻게 하게! 저도 열녀가 아닌 다음에야 당하고 나면 할 말 없지. 아주 그런 버릇이 없는 년 같으면 모르거니와…… 옳지, 수가 있어. 뽕을 잔뜩 따서 이어주면 제가 항우°의 딸년이라도 한 번은 중간에서 쉬렷다. 그러거든……'

이렇게 궁리를 하다가 너무 말이 없으니까 심심파적°도 될 겸 또는 실없이 농담도 좀 해서 마음을 좀 떠보아 나중 성사의 전제도 만들어놓을 겸 공연히 쓸데없는 말을 지껄인다.

"삼보는 언제나 온답데까?"

"몰라. 언제는 온다 간다 말이 있이 다니냐."

"그래, 영감은 밤낮 나돌아다니니 혼자 지내기 쓸쓸치 않소?"

놈이 모르는 것같이 새삼스럽게 시치미를 뗀다.

"별걱정 다 하네. 어서 앞서가. 난 길이 서툴러 못 가겠으니."

"매우 쌀쌀하구려. 나는 임자를 위해서 하는 말인데. 그렇지만

• **천방지축** 못난 사람이 종잡을 수 없이 덤벙이는 일.
• **항우** 중국 진(秦)나라 말기의 무장. 힘이 아주 센 사람을 대표하는 인물.
• **심심파적** 심심함을 잊고 시간을 보내기 위해 하는 일.

김 참봉 아들이란 쇠귀신* 같은 놈이라 아무리 다녀도 잇속 없습
네. 내 말이 그르지 않지."

안협집은 삼돌이가 아주 터놓고 말을 하는 것을 들으니까 분해
서 뺨이라도 치고 싶었으나 그대로 참으며,

"무엇이 어째? 말이라면 다 하는 줄 아는군."

하고 뒤로 조금 떨어져 걸어갈 제, 전에도 그 녀석이 미웠지마는
남의 약점을 들어가지고 제 욕심을 채우려는 것이 더 더러웠다.

뽕밭에 왔다. 삼돌이란 놈이 철망으로 울타리 한 것을 들어주어
안협집이 먼저 들어가고 나중으로 삼돌이란 놈은 그 무거운 다리
를 성큼하여 그 안으로 들어갔다. 들어가다가 발끝에 삭정이* 가
지를 밟아서 딱 우지끈 소리가 나고 조용하였다.

삼돌이는 손에 익어서 서슴지 않고 따지마는 안협집은 익지도
못한 데다가 마음이 떨리고 손이 떨려서 마음대로 안 된다.

삼돌이는 뽕을 따면서도 이따가 안협집을 꾀일 궁리를 하지마
는, 안협집은 이것저것을 잊어버리고 손에 닥치는 대로 뽕을 땄다.

얼마쯤 땄다. 갑자기 안협집의 뒤에서,

"누구야!"

하고 범 같은 소리를 지르는 남자 소리가 안협집의 담을 서늘하게

• **쇠귀신** 소가 죽어서 된다는 귀신. 성질이 몹시 끈질긴 사람을 비유적으로 이르는 말.
• **삭정이** 말라 죽은 가지.

하였다.

삼돌이란 놈은 길이나 되는 철망을 어느 결에 뛰어넘었는지, 십여 칸통*이나 달아나서 안협집을 불렀다.

"어서 와요! 어서, 어서!"

그러나 안협집은 다리가 떨려서 빨리 나와지지를 않는다. 그러나 죽을힘을 다하여 달아나려고 한 아름 잔뜩 따 넣었던 뽕을 내던지고 철망으로 기어 나오기는 나왔으나 치맛자락이 걸려서 잡아당긴다. 거기에 더 질겁을 해서 그대로 쭉 찢고 나오려 할 때, 때는 이미 늦었다. 뽕 지키던 남자는 안협집을 잡았다.

"이 도둑년! 남의 뽕을 네 것같이 따 가? 원 참, 이년! 며칠째냐 벌써? 이렇게 남의 것이라고 건깡깡이*로 먹으면 체하지 않을 줄 알았더냐? 저리 가자."

안협집은,

"살려주소. 제발 잘못했으니 살려만 주소. 나는 오늘이 처음이오. 저 삼돌이란 놈이 날마다 따 갔지, 나는 죄가 없쇠다."

하고 손이 발이 되도록 빈다.

"듣기 싫어, 이년아! 무슨 변명이냐! 육시를 하고도 남을 년 같으니. 왜? 감옥소의 콩밥 맛이 고소하더냐?"

• **칸통** 넓이의 단위. 한 칸통은 집의 몇 칸쯤 되는 넓이다.
• **건깡깡이** 아무 목표나 별다른 재주도 없이 건성건성으로 살아감. 또는 그런 사람.

"그저 잘못했습니다."

삼돌이는 보이지 않고, 뽕지기는 안협집 손목을 끌고 뽕밭으로 들어갔다.

"이리 와! 외양도 반반히 생긴 년이 무엇이 할 게 없어 뽕 서리를 다녀."

하더니 성냥불을 그어 대고 안협집을 들여다보더니,

"흥!"

의미 있는 웃음을 웃어버렸다.

안협집은 이 웃음에 한 가닥 희망을 얻었다. 그 웃음은 안협집의 손아귀에 자기를 갖다 쥐어준다는 웃음이다. 안협집은 따라서 방싯 웃었다. 그 웃음 한 번이 넉넉히 뽕지기의 마음을 반 이상이나 흰죽° 풀어지게 하였다.

안협집은 끌려갔다.

'제가 철석같은 간장을 가진 놈이 아닌 바에…… 한 번이면 놓아줄걸.'

그는 자기의 정조를 팔아서 자기의 죄를 면할 수 있음을 알았다. 그는 마지못하는 체하고 끌려갔다.

삼돌이란 놈은 멀리서 정경°만 살피다가 안협집을 뽕지기가 데

• 흰죽 흡족하거나 흐뭇한 모양.
• 정경 사람이 처해 있는 모습이나 형편.

리고 가는 것을 보더니 두 눈에서 쌍심지가 돋았다.

'에, 이놈이 호랑이 삼돌이를 모르는 모양이다. 그러나 대관절 어떻게 할 셈이냐? 이놈, 안협집만 건드려보아라. 정강마루*를 두 토막을 내놓을 터이니. 오늘 밤에는 꼭 내 것이던 걸 그랬어. 어디 좀 가까이 좀 가볼까.'

이제는 단판씨름*이라 주먹이 시비 판단을 하는 때이다. 다시 철망을 넘어서 들어갔다. 들어가서는 이곳저곳 귀를 기울이더니 이 구석 저 구석으로 돌아다녀 보았다.

저쪽에서 인기척이 웅얼웅얼하더니 아무 말이 없다. 한 두서너 시간 그 넓은 뽕밭을 헤매고, 또 거기 닿은 과목밭, 채마전*, 나중에는 그 옆 원두막까지 가보았다. 놈이 뽕나무밭 가운데 부풀덤불*을 보지 못한 까닭이다.

그는 입맛만 다시면서 집으로 와서 주인에게 그 이야기를 했다.

노파의 눈은 등잔만 해지더니, 두 손 두 다리가 사시나무 떨듯 한다.

"이거 일 났구나. 어쩌면 좋단 말이냐."

- **정강마루** 정강이뼈 앞 가죽에서 가장 높은 곳.
- **단판씨름** 단 한 번에 승부를 내는 씨름. 일의 성패를 가르는 결정적 대목에서 힘을 모아 마지막으로 해보는 일을 비유적으로 이르는 말.
- **채마전** 채소 등의 먹거리를 심어 가꾸는 밭.
- **부풀덤불** '부풀어 오른 덤불'이라는 뜻으로 만들어 쓴 말인 듯함.

좌불안석*을 할 제, 삼돌이란 녀석은 분한 생각에 곰방대만 똑
똑 떨고 앉았다.

5

그날 새벽에 안협집이 무사히 왔다. 머리에 지푸라기가 묻고 몸
매무새가 말 아니다.

"에그, 어떻게 왔어, 응?"

주인은 눈에 눈물이 괴어서 어루만진다.

"무얼 어떻게 와요? 밤새도록 놈하고 승강이*를 하다가 그대로
왔지."

"그대로 놓아주던가?"

"놓아주지 않고 붙잡아 두면 어찌할 테야?"

일이 너무 싱겁다. 삼돌이 놈만 혼잣말처럼,

"내가 잡혔더면 콩밥을 먹었을걸. 여편네니까 무사했지."

주인은 그래도 미진해서,

"그래, 잘 놓아주었으니 다행이지. 그러나저러나 뽕은 어떻게

- **좌불안석** 앉아도 자리가 편안하지 않다는 뜻으로, 마음이 불안하거나 걱정스러워서 한군
  데에 가만히 앉아 있지 못하고 안절부절못하는 모양을 이르는 말.
- **승강이** 서로 자기주장을 고집하며 옥신각신하는 일.

되었소?"

"다 뺏겼죠!"

"인제는 아무 일 없겠소?"

"일은 무슨 일에요."

그날 밤에 삼돌이란 놈은 혼자 앉아서 생각하기를,

'복 없는 놈은 하는 수가 없거든. 그러나 내가 다 눈치를 채었으니까, 노름꾼 놈이 오거든 이르겠다고 위협을 하면 년도 발이 저려서 그대로는 못 있지. 내 입을 안 씻기고 될 줄 아는 게로구먼.'

그 후부터는 삼돌이란 놈이 안협집을 보고는,

"뽕지기 놈 보고 싶지 않나?"

하고 오가며 맞대놓고 빈정대기도 하고 빗대놓고도 비웃는다.

"뽕이나 또 따러 가소."

이러는 바람에 온 동리에서 다 알았다. 안협집은 분해서 죽겠는데 하루는 삼돌이란 놈이 막 안협집이 이불을 펴고 누우려는데 찾아와서 추근추근 가지도 않고,

"삼보 김 서방이 올 때도 되었습네그려."

하며 눈치를 본다. 안협집은 졸음이 와서 눈꺼풀이 뻣뻣하여 오는데 삼돌이란 놈이 가지도 않는 것이 귀찮아서,

"누가 아우. 오고 싶으면 오고 가고 싶으면 가겠지."

하고 담벼락에 비스듬히 기대앉는다.

삼돌이의 눈에는 그 고단해하면서 비스듬히 누워서 눈을 감을

락 말락 한 안협집의 목덜미 살쩍*이며 불그레한 두 볼이 몹시 정
욕을 일으켰다.

그래서 차츰차츰 말소리가 음흉해 간다.

"임자는 사람을 너무 가려 봅디다. 그러지 마슈. 나도 지금은 남
의 집 머슴 놈이지마는, 집안 지체라든지…… 젊었을 적에는 그
래도 행세하는 집에서 났더라우. 지금은 그놈의 원수스런 돈 때문
에 이렇게 되었지마는……."

하고 말을 건네려 하는데, 안협집은 별 시러베자식* 다 보겠다는
듯이 대답이 없다.

"자, 그럴 것 있소? 오늘은 내 청을 한번 들어주소그려."

하고 바싹 달려드는 바람에 반쯤 감았던 안협집의 눈은 똥그레지
며 어느 결에 삼돌이의 뺨에 손백이 올라가 정월에 떡 치듯 '철썩'
한다.

"이놈! 아무리 쌍녀석이기로 이게 무슨 버르장머리냐? 냉큼 나
가거라!"

하고 호령이 추상같다*. 삼돌이란 놈은 따귀를 비비면서 성이 꼭
두*까지 일어나서,

- **살쩍** '귀밑머리'를 이르는 말이지만, 여기서는 '잔털'의 뜻으로 쓰임.
- **시러베자식** 실없는 사람을 낮잡아 이르는 말.
- **추상같다** 위엄이 있고 기세가 무서울 만큼 높다.
- **꼭두** 정수리의 꼭대기.

"무엇이 어쩌고 어째? 힝! 어디 또 한번 때려봐라."

일이 이렇게 되었으니 자기가 하려던 것은 이루고 마는 것이 상책이다. 이래도 소문은 날 것이요 저래도 소문은 날 것이니, 이왕이면 만족이나 채우고 소문이 나더라도 나는 것이 자기에게는 이로울 것 같았다.

더구나 안협집으로 말을 하면 온 동리에서 판 박아놓은° 화냥년°이니, 한 번 화냥이나 두 번 화냥이나 남이나 내가 무엇이 다를 것이 있으랴, 하는 생각이 났다. 도리어 자기의 만족을 한번 얻는 것이 사내자식으로서의 일종의 자랑인 것같이 생각되었다.

그는 두 팔로 안협집을 힘껏 껴안고,

"내가 호랑이 삼돌이다! 네가 만일 내 말을 들으면 무사하지만 그렇지 않으면 그대로 두지는 않을 터이야. 너, 네 남편이 오기만 하면 모조리 꼬아바칠 터이야! 뽕 따러 갔던 날 일까지 모조리!"

무식한 놈이라 야비한 곳이 있다. 안협집은 그 소리가 얼마나 사내답지 못하였는지 알 수 없었다. 쇠 같은 팔이 자기 허리를 누를 때 눈을 감고 한번 허락할까 하려다가 그 말을 듣고서 고만 침을 얼굴에 뱉었다.

"이 더러운 녀석! 네가 그까짓 것으로 나를 위협한다고 말을 들

• **판에 박다** 말이나 행동이 하나의 틀로 격식화되다.
• **화냥년** 화냥. 자기 남편이 아닌 남자와 정을 통한 여자를 낮잡아 이르는 말.

을 줄 아니."

하고 소리를 질렀다. 삼돌이는 손으로 안협집의 입을 막았으나 때
는 늦었다. 마침 마을 다녀오던 이장의 동생이 이 소리를 듣고 문
을 열었다.

삼돌이란 놈은 무안해서 얼굴이 붉어지며 안협집을 놓았다. 안
협집은 분해서 색색하며,

"저놈 보시소. 아닌 밤중에 혼자 자는데, 와서 귀찮게 굽니다.
저 죽일 놈이요. 좀 끌어내다 중치*를 좀 해주시오."

이장의 동생은 안협집의 행실을 아는 고로 삼돌이만 보내려고,

"이놈! 할 일이 없거든 자빠져 자기나 하지, 왜 아닌 밤중에 남
의 계집의 방에서 지랄이야? 냉큼 네 집으로 가거라!"

두 눈이 등잔만 하여진다.

"네…… 그런 게 아니라 실없이 기롱*을 좀 했삽더니……."

"듣기 싫어! 공연히 어름어름하면서…… 이놈아, 너는 사람을
죽여도 기롱으로 아느냐?"

삼돌이는 쫓겨났다. 이장의 동생은 포달을 부리며 푸념을 하는
안협집을 향하여,

"젊은것이 늦도록 사내 녀석들을 방에다 붙이니까 그런 꼴을 당

* **중치** 엄중히 다스림.
* **기롱** 남을 희롱하고 놀림.

하지."

"누가요?"

"고만둬! 어서 잠이나 자."

하며 문을 닫아주고 가버렸다.

6

삼돌이는 앙심을 먹었다. 안협집을 어떻게 해서든지 한번 골리리라는 생각이 가슴속에 탱중하였다*. 안협집은 독이 났다. 삼돌이란 놈 분풀이를 하려는 생각이 머리끝까지 올라왔다.

이튿날 동리에 소문이 났다.

"삼돌이란 놈이 뺨을 맞았다지! 녀석이 음침하니까."

"그렇지만 계집년이 단정하면 감히 그런 맘을 먹을라구."

"그렇구말구! 제 행실야 판에 박은 행실이니까."

"지가 먼저 꼬리를 쳤던 게지."

이 소리가 바람에 떠돌아 오자 안협집은 분하였다. 요조숙녀*보다도 빙설* 같은 여자인데 이런 누추한 소문을 듣는 것 같았다. 맘

- **탱중하다** 화나 욕심 따위가 가슴속에 가득 차 있다.
- **요조숙녀** 말과 행동이 품위가 있으며 얌전하고 정숙한 여자.
- **빙설** 본디부터 타고난 마음씨가 희고 깨끗함을 비유적으로 이르는 말.

에 드는 서방질은 부정한 일이 아니요, 죄가 아니요, 모욕이 아니다. 마음에 없는 놈에게 그런 소리를 듣고 당하는 것은 무서운 모욕 같았다.

그는 그 길로 삼돌의 주인 마누라에게로 갔다.

"삼돌이란 놈을 내쫓으소."

주인은 벌써 알아채었으나 안협집 편은 안 들었다. 다만 어루만지는 수작으로,

"무얼, 내쫓을 것까지 있소, 그만 일에……. 그저 눈감아 두지."

"왜 눈을 감는단 말이요?"

주인은 속으로 웃었다. '소 한 필을 달라면 줄지언정 삼돌이를 내놔?' 하였다.

"내쫓아선 무얼 하우, 또?"

'어림없는 년! 네가 떠들면 떠들수록 네 밑구멍 들춰서 남 보이는 것이라'는 듯이 치어다보며 맨 나중으로 아주 잘라 말을 해버렸다.

"나는 못 내보내겠소."

안협집은 분해서 집에 와서 머리를 쥐어뜯으며 울었다.

그리고 또 결심했다.

'두구 봐라. 너희들까지 삼돌이를 싸고도니…… 영감만 와봐라.'

하루는, 딴은 영감이 왔다. 안협집은 곤두박질을 하면서 맞았다.

"에그, 어서 오슈."

노름꾼 김삼보는 눈이 똥그래졌다. 무슨 큰 좋은 일이나 생긴 것 같았다. 딴 때와 유달리 반가워하는 것이 의심스럽고 이상하였다.

방에 들어앉자마자 얼마나 땄느냐는 말도 물어보지 않고, 삼돌이란 놈에게 욕 당할 뻔하였다는 말을 넋두리하듯 이야기하였다.

"사람이 분해서 죽겠구려. 이것도 모두 영감 잘못 둔 탓이야. 오죽 영감이 위엄이 없어 보이면 그따위 녀석이 그런 짓을 할라고……. 영감이라고 있으나 없으나 마찬가지지. 일 년 열두 달 계집이 죽거나 살거나 버려두고 돌아만 다니니까……."

영감은 픽 웃었다.

"왜 내 잘못인가? 오죽 행실을 잘 가지면 그따위 녀석에게 그 꼴을 당한담?"

김삼보는 분이 나지 않는 것도 아니었다. 그러나 계집의 소행을 짐작도 하려니와 그놈의 주먹도 아니 생각할 수가 없었다. 계집이 먹여 살리라는 말이 없고 이혼하자는 말만 없는 것이 다행해서 서방질을 해도 눈을 감아주고 무슨 짓을 하든지 그저 코대답*만 하여주는 터이라 그런 소리가 귓전으로 들릴 뿐이다.

"내가 행실 잘못 가진 게 무어요?"

안협집은 분풀이라도 하여줄 줄 알았더니 도리어 타박을 주므

• **코대답** 탐탁하지 아니하거나 대수롭지 아니하게 여겨 건성으로 하는 대답.

로, 분한 데 악이 났다.

"글쎄 무어야, 무엇? 어디 대봐요! 임자가 내 행실 그른 것을 보았소? 어디 보았거든 본 대로 말을 하시우."

딴은 김삼보는 집어서 말할 것이 없었다. 그는 그저 그런 눈치만 채었지, 반박할 증거는 잡은 것이 없다.

"본 거나 다름없지."

"무엇이 본 거나 다름없어? 일 년 열두 달 계집이 죽거나 살거나 내버려두었다가 이제 와서 한다는 소리가 그것밖에 없어? 살기가 싫거든 그대로 살기 싫다고 그래! 사내답게. 왜 고만 냄새가 나지? 또 어디다가 계집을 얻어논 게지."

"이년이 뒈지지를 못해서 기를 쓰나?"

"그렇다, 이놈아! 네까짓 녀석 아니면 서방 없을까 봐 그러니? 더러운 녀석!"

김삼보의 주먹은 안협집의 등줄기를 후렸다.

"이년, 그래도 잔소리야! 주둥이 좀 닥치지 못하겠니……."

이렇게 서로 툭탁거리며 싸우는 판에 뒷집에서 삼돌이란 놈이 이 소리를 듣고서 가장 긴한 체하고 달려왔다.

"삼보 김 서방, 언제 오셨소?"

하고 마당에 들어섰다. 김삼보는 그놈의 상판을 보니까 참았던 분이 꼭두까지 올라온다. 삼돌이는 제법 웃음을 띠고,

"허허, 오래간만에 만나셔서 내외분 싸움이 웬일이시우?"

어디서 한잔을 하였는지 얼굴이 불콰하다*.

김삼보는 눈을 흘겨 뚫어지도록 삼돌이를 치어다보았다.

"이놈아! 남이 내외 싸움을 하든 말든 참견이 무어야!"

삼돌이란 놈은 주춤하였다. 그는 비지* 같은 눈꼽이 낀 눈을 꿈벅꿈벅하더니,

"그렇게 역정 내실 것 무엇 있수. 말 좀 했기로……."

"이놈아, 네가 아랑곳할 게 무어……"

"아랑곳은 할 것 없어도, 흥정은 붙이고 싸움은 말리랬으니까 말이요. 나는 싸움 좀 못 말린단 말이요?"

하고 술 냄새를 풍기며 다가앉는다.

"이놈아, 술을 먹었거든 곱게 삭여!"

이번에는 삼돌이란 놈이 빌붙는다.

"나 술 먹고 어찌하든 김 서방이 관계할 게 무어요?"

"이놈아! 남의 내외 싸움에 참견을 하니까 그렇지."

주고받다가 삼돌이의 멱살을 김삼보가 쥐었다.

"이 녀석, 네가 무슨 뻔뻔으로 이따위 수작이냐? 내 계집 이놈 왜 건드렸니?"

삼돌이는 조금 발이 저렸으나 속으로 '흥' 하고 웃었다.

---

* **불콰하다** 얼굴빛이 술기운을 띠거나 혈기가 좋아 불그레하다.
* **비지** 두부를 만들고 남은 찌꺼기.

"요까짓 게 누구 멱살을 쥐어? 앙징하게*……."

하더니 김삼보의 팔을 잡아 마당에다가 내리갈기니, 개구리 떨어지듯 캑 한다.

"요놈의 자식아! 내 말을 좀 들어보고 말을 해! 네 계집 흠절을 모르고 뎀비기만 하면 강산이냐? 이 동리 반반한 사내양반 쳐놓고 네 계집 건드리지 않은 놈이 없다. 이놈! 꼭 집어 말을 하라면 위에서 아래로 내리 섬기마*. 이놈, 너도 계집 덕분에 노자랑 노름 밑천 푼 좋이* 얻어 썼지. 그래 집이라고 오면서 볼받은* 것이나마 옥양목 버선 벌이나 얻어가지고 가는 것은 모두 어디서 나온 것으로 아니? 요 땅딸보 오리궁둥아! 아무리 속이 밴댕이 같기로……. 그리고 또 들어봐라. 나중에는 주워 먹다 못해서 뽕지기까지 주워 먹었다."

안협집이 파래서 달려든다.

"이놈! 네가 보았니?"

"보나 안 보나 일반이지."

"이 녀석, 네 말을 듣지 않으니까 될 말 안 될 말 주둥이질*을 하는구나."

- **앙징하게** 깜찍하게. 가소롭게.
- **섬기다** 이 말 저 말 잇달아서 하다.
- **좋이** 마음에 들게. 별 탈 없이 잘.
- **볼받다** 해진 곳에 헝겊 조각을 덧대어 깁다.
- **주둥이질** 쓸데없이 말하는 것을 낮잡아 이르는 말.

동리 사람들이 모여들었다. 안협집은 삼돌이에게 발악을 하고 김삼보는 듣고만 있다.

한참 있더니 듣다 듣다 못하는 듯이 삼돌이란 놈이 안협집에게로 달려들며,

"이년이 뒈지려고 기를 쓰나?"

하고 주먹을 들었다.

동리 사람들이 호령을 하고 말렸다.

"이놈! 저리 얼른 가거라!"

이놈은 변명을 하며 뻐팅겼다. 그러나 여러 사람에게 끌려 저리로 가버렸다.

사람이 헤어지자 노름꾼은 계집의 머리채를 잡았다.

그는 삼돌이에게 태질을 당한 것이 분하였다. 그뿐 아니라 그렇게까지 계집년의 행실을 온 동리에서 아는 것이 분명하였다.

"이년! 더러운 년! 뽕밭에는 몇 번이나 나갔니?"

발길로 지르고 주먹으로 패고 머리채를 잡아당기고 땅에다 질질 끌었다. 그는 이를 갈고 어쩔 줄을 몰랐다. 계집은 울고 발버둥질을 쳤다.

"죽여라! 죽여!"

"그럼 살려줄 줄 아니? 이년! 들어앉아서 하는 게 그런 짓밖에는 없어?"

김삼보는 자기의 무딘 팔다리가 계집의 따뜻하고 연한 몸에 닿

135

을 때에 적지 않은 쾌감을 느끼었다. 그는 그럴수록 더욱 힘을 주어 저리도록 속에 숨겨 있던 잔인성이 북받쳐 올라왔다.

맞은 안협집은 당장에 죽을 것 같았다. 그는 생각하기를, '이왕 이리된 바에야 모두 말해버리고 저하고 갈라서면 고만이지, 언제는 귀밑머리 풀고* 사주단자 보내고 사당에 예배 드린 내외냐. 저는 저고 나는 난데, 왜 이렇게 때리노?' 하는 맘이 나며,

"이것 놔라! 내 말하마!"

하고 머리를 붙잡았다.

"뽕밭에는 한 번밖에 안 갔다. 어쩔 테냐?"

삼보는 더욱 머리채를 잡아챘다.

"이년! 한 번?"

이번에는 더 때렸다. 안협집은 말한 것이 후회가 났다. 삼보는 그래도 거짓말을 한다고 그대로 엎어놓고 짓밟았다. 안협집은 기절을 하였다. 삼보는 귀로 안협집의 숨소리를 들어보았다. 그러나 숨소리가 없다. 그는 기겁을 하여 약국으로 갔다. 그의 팔다리는 떨렸다. 그가 의사에게서 약을 지어가지고 왔을 때 안협집은 일어나 앉아 있었다. 삼보는 반가웁기도 하고 분하기도 하여 약을 마당에 팽개쳤다. 그리고 밤새도록 서로 말이 없었다.

이튿날은 벙어리들 모양으로 말이 없이 서로 앉아 밥을 먹고,

• **귀밑머리 풀다** 처녀 때 땋았던 귀밑머리를 푼다는 뜻으로, 여자가 시집감을 이르는 말.

서로 앉아 치어다보고, 서로 말만 없이 옷도 주고받아 갈아입고 하루를 더 묵어 삼보는 또 가버렸다. 안협집은 여전히 동릿집 공청*, 사랑에서 잠을 잤다. 누에도 따서 30원씩 나눠 먹었다.

《나도향 대표 12단편선》(문원출판사, 1976)에 실린 작품을 바탕으로 함.

• **공청** 막 쓰는 물건을 쌓아두는 창고.

작품 이해하기

이 소설은 1925년 《개벽》에 발표된 단편소설이다. 주인공 안협집을 통해서 돈이 인간의 사회적 관계를 지배하고 있음을 보여주며, 경제적인 척도가 정신적·윤리적 가치에 우선하는 식민지적 현실 세계의 추악한 모습을 생생하게 그려내고 있다.

안협집은 노름꾼 김삼보의 아내다. 남편은 집 밖을 나가 한 달에 한 번 들어올까 말까 한다. 동네 젊은것들의 부러움과 시샘을 받을 만큼 예쁜 안협집은 홀로 살아남기 위해 동리를 다니며 몸을 판다. 반반한 계집은 안 건드려본 적이 없는 뒷집 머슴 삼돌이는 안협집에게도 관심을 갖는다. 하지만 안협집은 자기가 싫어하는 사람은 가까이하지 않는다. 그러자 삼돌이는 안협집 주위를 맴돌며 약점을 잡고 괴롭힌다.

여름이 되자 삼돌이네 주인 노파가 안협집과 누에를 친다. 그런데 누에가 거의 오를 무렵 누에에게 먹일 뽕이 떨어진다. 삼돌이는 그들의 환심을 사기 위해 뽕을 훔쳐 온다. 그것에 만족한 주인 노파는 안협집에게 삼돌이와 함께 가서 뽕을 훔쳐 오라고 한다. 안협집은 내키지 않았지만 삼돌이와 함께 뽕을 훔치러 간다. 뽕을 훔치려다 들켜, 안협집은 뽕지기에게 붙잡히고 삼돌이는 도망을 간다. 안협집은 뽕지기의 요구에 응하고는 풀려난다. 그 뒤 삼돌이는 안협집에 대한 소문을 퍼뜨리고 다닌다. 이에 그치지 않고 안협집을 강제로 덮치려 하다가 이장 동생의 등장으로 실패한다.

오랜만에 집에 온 김삼보에게 안협집은 삼돌이의 행위에 대해서 하소연하지만, 남편은 그녀의 행실을 탓하며 다툰다. 삼돌이는 부부싸움에 끼어들게 되고, 결국 남자끼리 싸움이 일어난다. 힘이 센 삼돌이가 김삼보를 때려 눕히지만, 마을 사람들에 의해 삼돌이는 끌려나간다. 김삼보는 다시 둘만 남게 되자 안협집을 몹시 때려 기절시킨다. 놀란 삼보가 급히 약을 사서 돌아와 보니 안협집은 멀쩡하게 있다. 삼보는 며칠 뒤 또 집을 나가고, 안협집은 여전히 공청 사랑에서 잠을 자고, 누에는 따서 30원씩 나눠 먹는다.

나도향의 다른 소설들이 갈등을 통해 파국을 맞는 데 비해, 이 작품에서는 안협집과 김삼보 그리고 삼돌이의 관계가 아무런 변화 없이 시종일관 평행선을 그리고 있다는 점이 특징적이다. 이것은 일제강점기라는 부조리한 현실 속에서, 물질에 대한 탐욕이나 성에 대한 본능만이 각각의 인물들을 지배하고 있음을 뜻한다. 아울러 안협집과 김삼보 부부의 모습을 통해, 당시 식민지 사회에서 가난의 문제가 고착화되어 단기간에 해결될 수 없는 상황임을 암시하고 있다.

이 작품에는 식민지 현실의 추악한 모습이 표현되어 있고, 경제와 물질이 윤리에 우선하는 삶이 설정되어 있다. 등장인물들의 탐욕적 본능과 물질적 욕구가 빚어낸 윤리 의식의 타락 및 비정상적인 부부관계를 비판적으로 그리고 있는 것이다. 안협집과 김삼보와 삼돌이는 비윤리적인 행위에 대해 전혀 도덕적인 갈등을 겪지 않는다. 매춘과 도둑질, 노름과 폭력 등 기성의 도덕 관념에서 벗어난 모습들이 반복되고 있다. 이러한 등장인물들을 냉정하고 객관적인 시각으로 따라가는 이 작품은, 나도향이 도달한 사실주의의 극치라고 평가받고 있다.

작품 깊이읽기

안협집은 어떤 사람인가?

안협집은 '남달리 고운' 여인이다. 얼마나 예뻤던지, 동리 젊은 여자들이 자기 얼굴을 쥐어뜯고 싶게 만들 정도였다. 하지만 촌구석에서 아무렇게나 자란 데다가 먼저 안 것이 돈이라서, 자신의 미모를 돈을 위해 활용한다.

정조가 헤프기로 소문 난 안협집은 어린 시절부터 참외 한 개, 벼 몇 섬, 돈 몇 원, 저고릿감 한 벌에 정조를 팔 정도로 윤리 의식이 전혀 없다. 마음에 드는 서방질은 부정한 일도 아니고, 죄도 아니고, 모욕도 아니라는 의식을 지니고 있다. 하지만 마음에 들지 않으면 절대로 성적인 관계에 응하지 않는 의지적인 모습을 보인다는 점에서 주체적인 면을 확인할 수 있다. 또 안협집은 언제라도 더 나은 물질적 여건만 주어진다면 성을 통해 능동적으로 살아갈 수 있는 인물이다.

임도 보고 뽕도 딴다?

뽕은 누에의 먹이로 쓰는 뽕나무 잎을 말한다. 이 작품에서 '뽕'은 주인 노파와 안협집이 함께 누에를 키우는 과정에서 등장한다. 주인 노파는 혼자 누에를 치는 것이 힘들어 안협집을 불러서, 같이 키워 실을 뽑으면 반분하자는 약속을 한다.

하지만 뽕이 떨어지자, 뽕을 사 오는 대신 이웃 마을에 가서 뽕을 훔치기로 한다. 주인 노파는 안협집에게 삼돌이와 함께 가서 뽕을 따 오도록 종용한다. 안협집은 삼돌이와 함께 가는 것이 싫었지만, 삼돌이는 임도 보고 뽕도 딸 수 있는 기회로 여긴다. 하지만 뽕지기에게 발각되어, 안협집은 잡히고 삼돌이는 혼자 도망간다. 결국 삼돌이는 임도 잃고 뽕도 잃어, 닭 쫓던 개 지붕 쳐다보는 꼴이 되고 말았다.

비정상적인 부부 관계

김삼보와 안협집은 정상적인 부부라고 할 수 있을까? 우선 둘이 관계를 맺게 된 것도 일반적이지 않다. 술 파는 것을 눈을 맞추어서 얻었다고 하거나, 계집이 김삼보에게 반해서 따라왔다고 하거나, 계집의 전남편과 노름을 해서 빼앗았다고 하는 이야기가 떠돈다. 이 중에서 가장 신빙성이 있는 것이 세 번째라고 했다. 이런 둘의 비정상적인 관계는 틈이 벌어질 수밖에 없고, 김삼보가 집을 떠날 때마다 안협집은 다른 남자들과 관계를 하게 된다. 둘은 부부지만 거의 남처럼 지낸다고 볼 수 있다.

김삼보는 노름꾼으로, 하루가 멀다 하고 집을 비운다. 한번 집을 나가면 몇 달 동안 들어오지도 않고, 올 때마다 노름 밑천을 얻어가는, 한마디로 있으나 마나 한 존재다. 김삼보는 가장이지만 그 역할을 하려는 의지가 전혀 없기 때문에, 집안의 생계는 안협집 스스로 꾸려갈 수밖에 없다.

그렇기 때문에 김삼보는 안협집에게 아무런 간섭도 하지 않는다. 안협집의 잘못을 들춰내는 순간, 자신도 가장이라는 책임을 어떻게든 져야 하기 때문이다. 안협집의 행실을 문제 삼지만 않는다면 지금과 같은 자유로운 생활을 계속 이어갈 수 있다. 그래서 김삼보는 사실을 애써 밝히려 들지 않는다.

삼각관계

이 작품은 노름꾼 김삼보와 그의 아내 안협집, 그리고 안협집과 삼돌이의 갈등 관계가 두 축을 이루고 있다. 김삼보와 안협집 사이는, 인간적인 애정이나 도덕성과는 상관없이 오로지 원초적인 욕망과 물질만이 이들의 세계를 지배하고 관계를 유지하고 있다. 삼돌이는 어떻게든 안협집과 관계를 맺으려고 애를 쓰지만 뜻대로 되지 않는다. 이처럼 이 작품은 김삼보와 안협집, 삼돌이의 삼각관계를 중심으로 이야기가 펼쳐진다. 그래서 그런지 김삼보와 삼돌이라는 이름에 '삼' 자가 들어가고, 안협집의 '안협'도 강원도, 평안도, 황해도 삼도 품에 있는 고읍 이름이다.

부부는 둘이 만나서 이루어지는 관계이기 때문에 셋이 되면 안정이 깨지게 된다. 즉 삼각관계는 안정된 관계가 아니라 끊임없이 역동적으로 움직이는 관계라 할 수 있다. 안협집을 둘러싸고 이루어지는 삼각관계는 당시 서민들의 삶이 그만큼 불안정하다는 것을 상징적으로 보여주는 것이라고 할 수 있다.

벙어리 삼룡이

물 레 방 아

뽕

지 형 근

지형근

지형근은 자기 집 앞에서 괴나리봇짐* 질빵*을 다시 졸라매고 어머니와 자기 아내를 보았다.

어머니는 마치 풀 접시에 말라붙은 풀 껍질같이* 쭈글쭈글한 얼굴 위에 뜨거운 눈물방울을 떨어뜨리며 아들 형근을 보고 목메는 소리로,

"몸이 성했으면 좋겠다마는, 섬섬약질*이 객지에 나서면 오죽 고생을 하겠니. 잘 적에 더웁게 자고, 음식도 가려 먹고, 병날까 조심하여라! 그리고 편지해라!"

하며 느껴 운다.

형근의 젊은 아내는 돌아서서 부대로 만든 행주치마로 눈물을

---

* **괴나리봇짐** 걸어서 먼 길을 떠날 때에 보자기에 싸서 어깨에 메는 작은 짐.
* **질빵** 짐 따위를 질 수 있도록 어떤 물건 따위에 연결한 줄.
* **풀 접시에 말라붙은 풀 껍질같이** 접시에 담긴 풀(무엇을 붙이는 데 쓰는, 전분질에서 빼낸 끈끈한 물질)은 시간이 지나면 윗부분이 딱딱하게 굳는데, 그 모양이 쭈글쭈글해 보인다.
* **섬섬약질** 가냘프고 여리며 약한 체질.

셌으며 코를 마셔가며 울면서도, 자기 남편을 마지막 다시 한번 보겠다는 듯이 훌쩍 고개를 돌리어 볼 적에, 그의 눈알은 익을 둥 말 둥 한 꽈리같이 붉게 피가 올라왔다.

"네, 네!"

형근은 대답만 하면서, 얼굴빛에 섭섭한 정이 가득하고 가슴에서 북받치는 눈물을 참느라고 코와 입과 눈썹이 벌룩벌룩한다.

동리 사람들이 그 집 문간에 모두 모여 섰다. 어렸을 적 친구들은 평생 인사를 못 해본 사람들처럼 어색한 어조로 인사들을 한다.

어떤 사람은 체면치레로 말 한마디 던져버리고 그대로 돌아서 저쪽에 가 서는 사람들도 있지마는, 어떤 늙은이는 머리서부터 쓰다듬어 내려 마치 어린애같이 볼기짝을 두드리면서,

"응, 잘 다녀오게. 돈 많이 벌어가지고 오게. 허어, 기막힌 일일세. 자네 같은 귀동°이 노동을 하려고 집을 떠나간다니……. 자네 어른°이 이 꼴을 보시면 가슴이 막히실 일이지."

하는 두 눈에서는 진주 같은 눈물이 고여 오르다가, 흰 눈썹이 섬세하고 쌍꺼풀이 진 눈을 감았다 뜰 때 희끗희끗한 눈썹 위에는 눈물이 굴러 맺힌다. 노인이 우는 바람에 어머니와 아내의 울음소리는 더 잦아지며, 동릿집° 노파들도 눈물을 씻고, 젊은 장정들은

• **귀동** 귀동자. 특별히 귀염을 받거나 귀하게 자란 사내아이.
• **어른** 남의 아버지를 높여 이르는 말.
• **동릿집** 동넷집. 동네에 있는 집. 또는 자기 집 근처에 있는 집.

초상집에 가서 상제˚ 우는 바람에 부질없이 나오는 울음을 참으려는 것같이 코들만 들이마시기도 하고 눈만 슴벅슴벅하고 있다.

형근도 눈물을 씻으며 어머니께 인사를 하고 다시 동리 사람을 향하여 작별을 하였다.

자기 아내는 도리어 보는 것이 마음을 약하게 하여주는 것이며 장부의 할 만한 것이 아니라는 듯이, 보지도 않고 돌아서서 동구˚로 향하였다. 동리 늙은이와 자별한˚ 친구들은 뒤를 따라와 주며, 어린아이들은 마치 출전하는 장군 앞에 선 군대들같이 앞에도 서고 뒤에도 서서 따라온다.

형근은 가다가 돌아다보고 또 가다가 돌아다보았다. 얼마큼 오니까 아이들도 다 가고, 따라오던 사람들도 다 흩어지고, 자기 혼잣몸이 고개 마루턱에 올라섰다.

뒤를 돌아다보니 자기가 살던 이십여 호밖에 보이지 않는 촌락이 밤나무, 느티나무 사이에 섞여 있다. 자기 집 앞에는 사람들이 흩어지고 어머니와 자기 아내만 여전히 자기 뒤를 바라보고 섰다.

그는 여태까지 나지 않던 눈물이 어디서 나오는지 폭포같이 쏟아진다. 아침 해가 기쁜 듯이 잔디 위 이슬에서 오색빛을 반사하

- **상제** 부모나 조부모가 세상을 떠나서 초상을 치르는 사람.
- **동구** 동네 어귀. 동네 입구.
- **자별하다** 남보다 특별하게 친하다.

고, 송장메뚜기가 서 있는 감발* 위에 반갑게 튀어 오르나, 그것도 보이지 않는다.

분홍 저고리에 남조각*으로 소매에 볼*을 박아 입고, 왜반물* 치마에 부대쪽* 행주치마를 입고, 백랍* 비녀에 가짜 산호반지를 낀 자기 아내 생각을 할 제, 스물두 살 먹은 이 젊은 사람의 가슴은 터질 것 같았다.

그는 한 발자국에 돌아서고, 두 발자국에 돌아섰다.

멀리 보이는 자기 집은 아침 해의 그늘이 비추인 산모퉁이에 가리어 보이지 않았다.

2

그는 오 리쯤 가서 단념하였다.

'내가 계집에게 끌려서 이렇게 약한 마음을 먹다니!'

- **감발** 버선이나 양말 대신 발에 감는, 무명실로 짠 천. 주로 먼 길을 걷거나 막일을 할 때 착용한다.
- **남조각** 남루한 천 조각. 누더기 같은 천 조각.
- **볼** 덧대는 헝겊 조각.
- **왜반물** 남빛에 검은빛이 섞인 물감.
- **부대쪽** 부대(종이, 천, 가죽 따위로 만든 큰 자루) 쪼가리.
- **백랍** 납과 주석의 합금.

그는 마치 번개같이 주먹을 내흔들었다. 그리고 벌건 진흙이 묻은 발을 땅이 꺼져라 하고 터벅터벅 내놓았다.

그는 고개를 쳐들었다. 가슴을 내놓았다. 하늘은 한없이 높이 개었는데, 넓은 벌판 한가운데 신작로*로 나서니까 그 가슴속에는 끝없는 희망이 차는 듯하였다.

가면 된다. 이대로 가기만 하면 내 주먹에 지전* 뭉텅이를 들고 온다. 그는 열흘 갈 길을 하루에 가고 싶었다.

그때 강원도 철원군에는 팔도 사람이 다 모여들있었나.

그 모여드는 종류의 사람인즉 어떠냐 하면, 대개는 시골서 소작농들을 하다가 동양척식회사에게 소작권을 잃어버린 사람이 아니면 일확천금의 꿈을 꾸고 허욕에 덤빈 사람들이었다.

그것은 철원에 수리조합이 생기며 그 개간 공사로 노동자를 사용하는 까닭도 있지만, 금강산 전기철도가 놓이며 철원은 무서운 속력으로 발전을 하는 데 따라서 다소간의 금융이 윤택하여지며, 멀리서 듣는 불쌍한 사람들의 마음을 충동이어 '나도 철원', '나도 평강(平康)' 하고 덤비게 된 것이다.

노동자가 모이어 주막이 늘고 창기가 늘었다.

자본 있는 자들은 노동자가 많이 모여들수록 임금을 낮춰서 얼

• **신작로** 새로 만든 길. 크고 넓은 길.
• **지전** 지폐. 돈.

마든지 그들의 기름을 짜내었다. 그러나 그렇게 기름을 짜낸 돈은
또 주막과 창기가 짜내었다. 남은 것은 언제든지 빈주먹이었다.

평화스러운 철원읍에는 전기철도라는 괴물이 생기더니 풍기와
질서는 문란할 대로 문란하여졌다.[*]

그래도 경상도, 경기도 여기저기 할 것 없이 모든 것을 잃어버
린 불쌍한 농민들은 그래도 요행을 바라고 철원, 평강으로 모여들
었다.

지형근도 지금 그러한 괴물의 도가니, 피와 피를 빨아먹고 짓밟
고 물어뜯고 끓이고 볶는 도가니를 향하여 가며 가슴에는 이상의
꽃을 피게 하고 있는 것이나, 마치 절벽 위에서 신기루에 홀려서
한 걸음 두 걸음 끝을 향하여 나가는 것이다.

그는 오십 리를 못 가서 발이 부르텄다. 그는 한 시간에 십 리를
걸었다 하면 지금은 그것의 절반 오 리도 못 걸었다.

그는 발 부르튼 것을 길가에 서서 지긋지긋 눌러보며 혼자 속으
로,

'흥, 올 적에는 기차 타고 온다. 정거장에서 집까지가 오 리밖에
안 되니, 그때는 잠깐 걷지…….'

그러나 그는 주머니 속을 생각하여 보았다. 발병이 나지 않고
그대로 줄창 잘 걸어간다 해도 닷새나 돼야 들어갈 것이다. 그러

---

[*] 풍기 문란 풍속의 질서가 바로 서 있지 않고 어지러움.

면 주머니에 있는 행자*는 얼마냐? 빠듯하게 쓰고도 남을지 말지 하다.

해는 져간다. 가슴에서는 공연히 무서운 생각이 났다. '만일 발병이 더하여 길을 못 가게 되면 어찌하나?'

그는 용기가 줄어들고 희망에 구름이 끼는 것 같았다.

그는 비척비척 맥이 없이 걸어가며 궁리해 보았다. 그는 자기가 가는 길가에 아는 사람의 집을 모조리 생각해 보았다.

말할 만한 집이 하나도 없었으나, 거기서 한 십 리쯤 샛길로 휘어 들어가면 거기 큰 촌이 하나 있었다. 그 촌 이름을 여기에 쓸 필요가 없으매 그만두지마는, 그 촌에는 자기 아버지가 한참 호기 있게 돈을 쓰고 그 근처 읍에 이름 있는 부자로 있을 때 소작인으로 있던 사람이 생각난다.

그는 그를, 자기 집 사랑에서 자기 아버지 앞에 황송한 태도로 앉아 있는 것을 보기는 보았을지라도, 그의 집을 찾아간 일은 물론 없었다.

"옳지⋯⋯."

형근은 무릎을 쳤다.

'김 서방을 찾아가면 얼마간이라도 돌릴* 수가 있을 터이지. 거

• **행자** 먼 길을 떠나 오가는 데 드는 비용.
• **돌리다** 필요한 돈이나 물건 따위를 다른 곳에서 빌리거나 구하다.

저 달래는 것인가? 돌아올 때 갚을걸!'

그는 김 서방의 상전이란 관념이 있다. 옛날에 자기 아버지의 은덕으로 살아간 사람이니까 은덕을 베푼 자의 아들의 편의를 보아주는 것도 떳떳한 일이라 하였다.

즉 자기 마음이 그러니까 남의 마음도 그러하리라 하였다.

그는 허위단심* 김 서방 집을 찾았다. 그 집 앞에는 훤한 논과 밭이 있고, 집은 대문이 컸다.

주인을 찾으매 정말 김 서방이 나왔다. 김 서방은 반가워하면서도 놀랐다.

"이게 웬일야?"

김 서방은 존대도 아니요, 어리벙벙하게 말을 해버린다. 형근은 이것이 의외였다. 아무리 세상이 망해서 내가 제 집을 찾아왔기로, 어디를 보든지 말버릇이 그렇게 나오지는 못할 것이었다.

"어서 들어가세."

이번에는 허세가 나왔다. 형근의 얼굴은 노래졌다가 다시 붉어졌다.

그는 대답이 없었다. 마당에 서서 해만 바라보았다. 해는 벌써 저쪽 서산 위에 반쯤 걸리었다.

그러나 그는 단념하였다. 자기가 노동을 하러 괴나리봇짐을 지

• **허위단심** 허우적거리며 무척 애를 씀.

153

고 나가는 이 시대에서는 무엇보다도 돈이 있어야 한다. 돈만 있으면 무엇이든지 된다. 양반도 되고 남을 부릴 수도 있으니까, 자기도 돈을 벌어서 다시 옛날의 문벌을 회복하고 남도 부려보리라 하였다. 그러니까 지금은 참아야 한다. 숙명적으로 그는 자기가 이렇게 된 것이니까 단념하지 않을 수가 없었다.

옛날에는 문벌만 있으면 무슨 짓……, 사람을 죽이고도 무사하였던 것이나, 마찬가지로 지금은 돈만 있으면 무슨 짓이든지 괜찮다는 관념이 한층 깊어지며, 그는 얼핏 목적지에 가서 돈을 벌어 가지고 오고 싶었다.

그는 분을 참고 그 집에서 잤다. 김 서방은 옛날의 어린 주인을 잘 대접하였다. 그는 밥상을 내놓으면서도 웃고, 정한 자리를 펴 주면서도 웃었다. 또는 떠날 때도 종종 들르라고 하면서 웃었다.

김 서방은 지금처럼 만족하고 좋은 때가 없었다. 그것은 다른 것이 아니라, 여태까지 자기가 깨닫지 못하였던 자랑을 깨달은 까닭이다. 즉 옛날에 자기가 고개를 숙이던 사람의 자식이 자기 집에 와서 숙식을 빌게 될 만치 자기가 잘된 것에 만족한 것이었다.

형근은 또 주저주저하였다. 어젯밤부터 궁리도 하여보고 분한 생각에 단념도 하여보고 다시 용기도 내어보던 돈 취할 일. 가장 중대한 일이 그대로 남은 까닭이었다.

그는 눈 딱 감고,

"여봅쇼!"

하였다. 그는 목소리가 떨리며 자기가 얼마나 비열하여졌는지 스스로 더러운 생각이 났다.

말을 하였다. 김 서방은 벌써 알아챘다는 듯이 또 웃으며 생색내고 소청한˙ 돈의 삼분지 이를 주었다.

형근은 그 돈을 들고 나오며 분개도 하고 욕도 하고, 또는 홀연한˙ 생각이 나서 정신없이 앞만 보고 갈수록, 그는 돈이 얼마나 필요한가를 새삼스러이 느끼는 것 같았다.

3

형근은 다리로 자기가 걸어온 것이 아니라 팔과 머리로 다리를 끌어온 것 같았다.

그는 예정보다 사흘이 늦어서 철원에 도착하였다. 그는 한 다리를 건너면서 두 팔을 벌릴 듯이 반가워하였다. 그는 자기더러 오라고 편지를 한 동향 친구를 찾아가서 지금까지 지고 온 봇짐을 벗어놓을 때, 그는 모든 괴로움과 압박에서 벗어나는 듯하였다.

그러나 그의 짐을 벗어놓은 것은 어깨를 가볍게 함이 아니라 그

• **소청하다** 하소연하여 부탁을 하다.
• **홀연하다** 뜻하지 아니하게 갑작스럽다.

위에 더 무거운 짐을 지우기 위함이었다.

그는 자기 친구를 찾았을 때 여간한 환멸을 느끼지 않았다.

우선 그가 있는 집이라는 것은 마치 짐승의 우릿간과 같은데, 거기에는 수십 명 사람들이 도야지들 모양으로 옹기종기 모여 있었다.

땅을 파고 서까래를 버틴 후 그 위에 흙을 덮고 약간의 지푸라기로 덮어놓은 것이 그들의 집이다. 방 안에는 발에는 감발이며 다 떨어진 진흙 묻은 양말 조각이 흐트러져 있고, 그 속은 마치 목욕탕에 들어간 것같이 숨이 막힐 듯한 냄새가 하나 가득 찼었다.

물론 광선이 잘 통할 리가 없었다. 캄캄하여 눈앞을 잘 분간할 수 없는 그 속에는 사람의 눈들만 이리 굴고 저리 굴고 하였다. 그는 손으로 더듬어서 그 속을 들어갔다.

발길에는 사람의 엉덩이도 차이고 허구리도 건드려졌다. 그럴 적마다 그들은 굶주린 맹수 모양으로 악에 받친 듯이 소리를 질렀다.

그는 친구의 권하는 대로 자리에 앉았다. 그리고 여러 사람들에게 인사를 시켰다.

새로 온 사람이라고 여러 사람들은 절을 하다시피 반가워하였다. 저 구석에서 다섯 직*째나 학질을 앓던 사람까지 일어나 인사

• 직 학질 따위의 병이 발작하는 주기적인 차례.

를 하고 눕는다. 그들에게는 이 새로 온 친구가 반가운 동무라고 함보다도 다시없는 먹이였다.

그들은 새로 오는 사람의 노잣돈 남은 것을 노리어서 그것으로 다만 한때라도 탁주 몇 잔, 육회 몇 접시를 토색하기* 위하여 자기네의 갖은 아첨과 갖은 친절을 다하는 것이다.

어떠한 사람은 동향 사람이라고 가까이하려 하였다. 또 어떤 사람은 동성동본이라고 친절히 하였다. 또 어떠한 사람은 어려서 자기 아버지와 형근의 아버지와 친하였다고 세교*라고 늦게 만난 것을 탄식하였다.

이래서 형근은 처음 이 움 속에 들어올 적에 느끼던 환멸이 어느덧 신뢰하는 마음과 이상과 기쁨으로 가득 차버렸다. 그날 저녁에 노잣돈 남은 것으로 그 근처 선술집에서 두서너 사람과 탁주를 먹으며 편지하던 친구에게 물었다.

"자네는 그동안에 돈 좀 모았나?"

"아직 모으지는 못하였네. 그러나 인제 수 생길 일이 있지."

친구는 당장에 수만금 재산을 한 손에 움켜쥘 듯이 말을 하였다. 그것도 그럴 것이, 그는 아직까지도 황금 덩어리가 머지않은 장래에 자기 손목에 아니 들어올 리가 없으리라고 생각하는 까닭

• **토색하다** 돈이나 물건 따위를 억지로 달라고 하다.
• **세교** 대대로 맺어온 친분.

이다.

"설마 천 리 타향까지 나왔다가 맨손 들고 들어가겠나? 지금은 좀 고생이 되지마는 그래도 잘 비비대기를 치면* 돈 몇백 원쯤이야 조반 전에 해장하기*지."

형근은 또 가슴속이 든든하여지며 이번에는 걸쭉한 막걸리는 고만두고 입 가볍고 상긋한 약주를 청하였다.

"그러나저러나 여러 형님네가 저를 위해서 어떻게 힘을 좀 써주셔야겠습니다. 형님들은 저보다도 경험도 많으시고, 또 그런 데 길도 좋으실 터이니까요."

형근은 눈이 거슴츠레해서 안주를 들며 말을 하였다.

"아따 염려 마시우. 내나 그 형이나 이런 데 와서 고생하기는 마찬가진데, 서로 형제나 친척같이 생각할 것이 아니요."

그중에 머리 깎고 지까다비* 신고 행전* 친 노동자가 대답을 하였다.

"그럼 저는 형장*만 꼭 믿습니다."

"글쎄 염려 말아요."

그날 저녁 그는 여러 가지 진기한 것을 보았다. 번화한 시가도

- **비비대기치다** 바쁜 일을 처리하기 위해 부산하게 움직이다.
- **조반 전에 해장하기** 당연하고 어렵지 않은 일.
- **지까다비** 노동자들이 작업할 때 신던 신발.
- **행전** 대님. 남자들이 바지를 입은 뒤에 그 가랑이의 끝을 접어서 발목을 졸라매는 끈.
- **형장** 나이가 엇비슷한 친구 사이에서, 상대편을 높여 이르는 이인칭 대명사.

보고, 또 술 파는 어여쁜 계집도 보았다. 그리고 여기서 쓰는 말이며 습속을 배웠다.

그는 어리둥절한 가운데에도 속이 느긋하고 만족하여 그대로 하루 저녁을 그 움 속에서 자고 났다. 그는 고린내 나는 발이 자기 코 위에 올려 놓이고 허구리를 장작개비 같은 발이 들이질러도 그것이 화가 나지 않고 그 여러 사람을 오히려 동정하고 불쌍타 하는 생각을 가졌었다. 이들도 지금에는 이렇게 고생을 하지마는 나중에는 모두 돈들을 벌어가지고 고향으로 돌아가면 호강할 친구들이라고 생각하였다.

그 이튿날 새벽 다섯 시가 되더니 그 같이 자던 사람 중에서 서너 사람은 눈을 비비고 어디로인지 가는 것을 보았다.

그들은 어제 자기가 올 적에도 보지 못한 사람이요, 또는 어느 틈에 들어왔는지도 알지 못하는 사람들이었다. 그들이 나갈 적에 누가 한 사람 인사하는 일도 없고 눈 한번 거들떠보는 사람도 없었다.

그들이 나갈 적에 부산한 바람에 옆엣 사람들이 잠을 깨었다가 그들이 다 나가는 것을 보고,

"간나웨* 자식들, 나가면 곱상스리 나갈 것이지."

하고 투덜대는데, 그의 눈은 무서웠다. 마치 됐다 만나자는 원수

• **간나웨** 간나위. 간사한 사람이나 간사한 짓을 낮잡아 이르는 말.

를 벼르는 것 같았다. 형근은 그것을 보고 그와 눈이 마주칠까 보아서 눈을 얼핏 감고서 아무리 생각하여 보아도 그러할 리가 없었다. 자기에게는 그렇게 친절히 하던 사람들로는 결단코 하지 않을 일이었다. 그는 그 노동자의 질투를 몰랐으므로 이런 의심을 품었으나, 누구든지 이러한 사회에 있으면 그렇게 험상스럽게 될 수 있을 것을 몰랐던 것이다.

그가 다시 실눈을 뜨고 방 안을 슬그머니 둘러볼 적에는, 젖뜨려° 놓은 싸리거적° 문으로 아침 해가 붉은빛을 띠고 들이비지는데, 그 해가 비치는 싸리거적 위에서는 아까 그 불량한 노동자가 코를 땅에다 대고 코를 고는 바람에 땅바닥의 먼지가 펄썩펄썩 일어났다.

아침에 일어나자 어저께 그 지까다비 신고 각반을 쳤던 노동자가 형근을 깨웠다.

"세수하시우."

그는 세수 옹배기°에 물을 떠서 움 밖에 놓았었다. 형근은 황송하고 고맙다는 말을 하고 세수를 하였다. 그리고 아침 먹는 곳을 물었다.

"나만 따라오시우."

• **젖뜨리다** 열어젖뜨리다. 문이나 창문 따위를 갑자기 활짝 열다.
• **싸리거적** 싸리의 가지로 엮어 만든 깔개.
• **옹배기** 둥글넓적하고 아가리가 쩍 벌어진 작은 질그릇.

형근은 자기 친구(편지한 친구)를 찾으려 하였으나 그자의 수선˚ 바람에 그대로 끌려갔다.

술집에 가서 해장술에 술국밥을 먹었다. 시골서는 먹어보지도 못하던 것인데, 값도 꽤 싸다 하였다. 물론 돈은 형근이가 치렀다. 인제는 주머니밑천˚이라고 은화 20전 하나하고 동전 몇 푼이 남았을 뿐이다. 그러나 그는 '내일은 일구녕˚이 생기겠지.' 하였다.

돌아오는 길에 그자는 형근의 행장에 무엇이 있는가 물었다. 그는 조선 무명 홑옷 두 벌과 모시 두루마기 두 벌과 삼승˚ 버선이 한 벌 있다 하였다.

그것은 자기 집안이 풍족할 때 자기 아버지가 장만하여 두고 입지 않고 넣어두었던 것을 이번에 자기 아내가 행장에 넣어주었던 것이라, 그것이 그에게는 다시없는 치장이요 또는 문벌 자랑거리였다. 그자는 그 말을 듣더니 코웃음을 웃으면서 형근을 비웃었다.

"그까짓 것은 무엇에 쓴단 말이요, 여보!"

형근은 자기 속으로는 무척 자랑삼아 말한 것이 당장에 핀잔을 받으니까 무안하기도 한 중에 또 이상스럽고 놀라웠다.

• **수선** 사람의 정신을 어지럽게 만드는 부산한 말이나 행동.
• **주머니밑천** 주머니에 늘 넣어두고, 좀처럼 쓰지 아니하는 약간의 돈.
• **일구녕** 일구멍. 여기서 '구멍'은 '어려움을 헤쳐나갈 길을 비유적으로 이르는 말'로, '일구멍'은 '일거리' 정도의 뜻으로 쓰였다.
• **삼승** 240올의 날실로 짠 베라는 뜻으로, 성글고 굵은 베를 이르는 말.

'이런 곳에서는 그런 것쯤은 반 푼어치의 값이 없나 보다.' 하는 생각을 하니까 자기의 말한 것이 창피하기도 하고, 이제는 자기가 무슨 사치하고 영화스러운 생활을 할 수 있게 되었나 보다 할 때 즐거웠다.

그날 저녁에 형근은 지까다비 신은 사람에게 끌려왔다.

그가 저녁을 같이 먹으러 가자 하면서 끝엣말에다가,

"내가 한턱 씀세."

하였다.

형근은 막걸리 서너 잔에 얼근하였다. 두 사람이 술집에서 나와서 서너 집 지나오다가 그자는 형근을 툭 치며,

"여보, 일구녕 뚫어났쇠다."

"어디요?"

"허허, 그렇게 쉽게 가르쳐주겠소? 한턱 쓰소."

형근은 좋기는 좋지마는 한턱 쓰라는 데는 아무 말도 하지 못하고 다만,

"허허."

하고 반벙어리처럼 한탄 비슷한 대답을 하였을 뿐이다. 그런즉 '이런 어리보기*쯤야.' 하는 듯이 두서너 번 까불러 보다가 그자가 미리 묘책 하나를 가르쳐주었다.

• 어리보기 말이나 행동이 다부지지 못하고 어리석은 사람을 낮잡아 이르는 말.

그들은 공연히 빙빙 장거리로 돌면서,

"그렇게 합시다. 그까짓 것 무슨 소용 있소. 땀 한번 배면 고만 일걸. 돈푼이나 수중에 들어오면 양복 한 벌을 허름한 것 사 입어요. 그러면 더럼 안 타고, 오래 입고, 어디 나서든지 대우받고 좀 좋소? 여기서 조선옷 입는 사람들야 헐수할수없는* 사람들이나 입지, 노형 같은 젊은이가 뭘 못 해본단 말요. 그렇게 합시다."

형근은 그자의 말대로 곧 귀를 기울일 수는 없었다. 일이 너무 크고, 자기의 이성으로는 판단하여 결단하기가 대단히 어려운 까닭이다.

그는 이럴까 저럴까 난처한 생각으로 다만,

"글쎄요, 글쎄요……."

하기만 하며 둥싯둥싯 그자의 뒤만 따라다녔다. 그러니까 그자는 화를 덜컥 내며,

"여보! 이런 데 와서는 매사에 그렇게 머뭇거리다가는 안 돼요. 여기가 어떤 덴데 그렇소, 엥? 난 모르오. 댁 맘대로 하시오."

하고 홱 가버리려 하니까, 형근은 약한 마음이라 하는 수 없이 그자를 다시 불러,

"그렇게 역정이야 낼 것 무엇 있소? 좋을 대로 하십시다그려."

---

* 헐수할수없다 어떻게 해볼 도리가 없다. 매우 가난하여 살아갈 길이 막막하다.

"글쎄 좋을 대로 누가 하지 않는대소. 노형이 자꾸 느리배기*를 부리니까 그렇지."

옷을 팔았다.

4

형근은 친구에게 끌려서 어떤 앉은술집*으로 들어갔다. 그 친구가 두루마기 판 것을 자기 손에 쥐어줄 줄 알았더니, 그것도 그렇게 하지 않고 첫걸음에 가는 곳은 '이화(梨花)'라는 여자가 술을 파는 내외술집*이었다.

"나만 따라오시우. 내 어여쁜 색시 구경을 시켜줄 터이니!"

어깨가 으쓱하여지며 두 눈을 찡긋찡긋하는 그자의 뒤를 따라가며, 어여쁜 색시라는 말을 들으니까 속으로는 당길심*도 없지 않았으나, 첫째 노는계집 옆에를 가보지 못한 것은 말할 것도 없고 그런 종류의 여자라면 겁부터 집어먹을 줄밖에 모르는 그는 가슴이 두근두근하여질 뿐이다.

• **느리배기** 행동이 느리거나 게으른 사람을 낮잡아 이르는 말.
• **앉은술집** 안침술집. 내외술집.
• **내외술집** 접대부가 술자리에 나오지 않고 술을 순배로 파는 술집.
• **당길심** 생겨나는 욕심.

"이런 데를 오면은 계집 다루는 것도 배워야 합니다."

형근이 쭈볏쭈볏하는 것을 보고 그자는 속으로 '네가 아직 철이 안 났구나!' 하는 듯이 코웃음 섞어 말을 하였다.

형근은 그래도 속에는 빳빳한 맛이 있어서, 그자에게 멸시를 당하는 것이 창피도 하고 분하기도 하나 사실 뻐팅길 자신도 없었다. 그는 그저 우물쭈물하며 그 뒤를 따라갈 뿐이다. 그렇지만 따라가기는 하면서도 몹시 조심이 되고 조마조마한 생각이 나며, 자기 몸에 창피한 곳이나 없나 하는 생각이 나서 걱정이었다.

마루 앞까지 서슴지 않고 들어선 그자는,

"여보, 술 파우!"

하고 소리를 높여 제법 의젓하게 주인을 부르더니 서투른 기침을 하였다.

안방에서는 여러 사람들이 술이 취하여 장거리의 장꾼들처럼 제각기 떠들다가, 그 소리에 떠들던 것까지 뚝 그쳤다.

그 왁자지껄하던 남자들의 거친 목소리를 좌우로 물결 헤치듯이 좍 헤치고 복판을 타고 나오는 연한 목소리는 주인의 목소리였다.

"네, 나갑니다."

이 소리를 듣더니 그자의 눈은 끔뻑하여졌다. 그러더니 형근을 한번 본 후에,

"이건 손님이 왔는데도…… 아무도 없소?"

하고 짐짓 못 들은 체하고 이번에는 더 높은 소리를 질렀다.

"나갑니다."

하고 그 여자는 소리를 질렀다. 그러더니 문이 열리며 그 여자의 치맛자락이 문에 스치며 나오는 것이 보였다.

"어서 오십시오. 저 건넌방으로 들어가시지요."

형근의 눈에는 머리를 치거슬러 빗어 왜밀* 칠을 하여 지르를 흐르게 하고, 횟박* 쓰듯 분을 바르고 값 낮은 연지를 입에다 칠하고, 금니 한 이 사이에서 껌을 딱딱 씹으며 나온 그 이화라는 여자가 몹시 아름답게 보일 뿐 아니라, 지르신은* 버선까지 유탕한* 마음을 일으키게까지 하였다.

그자는 이화라는 여자를 보더니,

"오래간만일세그려!"

하며 그 손을 잡았다. 그것은 '나는 이렇게 이런 이화 같은 미인과 능히 수작을 하며 손목을 잡을 만한 자격과 수단이 있다'는 것을 지형근에게 자랑하고 싶었던 것이다.

"글쎄요."

이화라는 여자는 아무렇지도 않은 머리를 다시 만지면서 '마뜩

- 왜밀 향료를 섞어서 만든 머릿기름.
- 횟박 석회를 물에 섞거나 담는 데에 쓰는 됫박.
- 지르신다 신이나 버선 따위를 뒤축이 발꿈치에 눌리어 밟히게 신다.
- 유탕하다 음탕하다.

잖게 네가 웬 허세냐' 하는 듯이 시덥지 않은 어조로 대답을 하여
버렸다.

"그런 게 아니라, 이 친구허구 술이나 한잔 나눌까 해서 왔지."

연해 생색을 내려고 하면서 이화에게 아첨을 하려는 듯이 치어
다본다.

"어서 건넌방으로 들어가세요."

두 사람은 건넌방으로 들어갔다. 그자는 슬그머니 형근을 보더
니,

"어떻소? 괜찮지? 소리 한번 시킬 터이니 들어보시우."

상을 들고 이화가 들어왔다. 형근의 눈에는 내외술집에서 한 순
배에 사오십 전 하는 술상이 얼마나 풍부하고 진미인지 몰랐다.

그는 어려서 자기 집이 상당한 재산을 가지고 지낼 적에도 이러
한 음식을 자기 앞에 차려주는 것을 먹어본 일이 없었다.

그는 구미가 동하기보다는 덜컥 가슴이 내려앉았다. 이 비싼 술
값을 어떻게 치를까? 그는 속이 초조해지면서 겁이 났으나, 나중
으로 그자를 믿었다는 것보다도 '내가 아니? 너 알아 하겠지.' 하
는 마음이 나기는 났으나, 그래도 속이 편치는 못했다.

우선 술잔이 자기에게 돌았다. 형근은 마치 남의 집 부인을 보
는 것 모양으로 그 여자를 바라보지 못하다가 술잔을 들면서 바로
보았다.

형근은 그 술 붓는 여자를 이제야 비로소 똑바로 보았다 하여도

거짓말이 아니었다.

형근은 그 여자를 보고 마치 뜻하지 아니한 곳에서 뜻한 사람을 만난 것같이 놀라지 아니치 못하였다. 반가웁다 하면 반가운 일이요, 괴변이라 하면 이런 괴변이 또 어디 있으랴.

그 여자는 형근의 고향에서 한 동리에 자라난 여자다. 그래도 행세깨나 한다고 하여 어려서부터 규중에 들어앉아 배울 것이란 남겨놓지 않고 배우고 익힐 것이란 모조리 익히더니, 불행히 그가 열세 살 되던 때 아버지가 돌아가고 홀어미 혼자 그 딸을 길러 오는데, 본시 청빈한 집안이라 일가친척이 있기는 있지마는 인심이 점점 강박하여짐을 따라 돌아보는 이 없으므로, 그 여자가 열네 살 되던 해 그 어머니는 딸을 데리고 자기 친정 오라버니를 따라갔다.

어려서 이웃집에 살았으므로 서로 보고 알아서, 말은 서로 하지 않았으나 낯은 서로 익혔었던 것이라, 지금 보니 노성은 하였으나* 어렸을 때 모습이 더욱더욱 분명히 나타난다.

그러나 만일 참으로 이 서방 댁 규수라 하면 나를 몰라볼 리가 없는데, 나를 보고 그래도 기척이라도 있었을 것이 아닌가.

그는 썩 감개가 무량하여지면서, 또는 기가 막힌다는 듯이 술상 귀퉁이에 고개만 숙이고 무슨 생각인지 정신없이 앉아 있었다.

• 노성하다 나이에 비해 어른티가 나다.

같이 간 그자는,

"여보, 노형은 무슨 생각을 그리 하슈?"

하며 형근을 본즉, 형근은 고개를 들다가 다시 이화를 한번 보더니 그자를 보고,

"뭐 별로이 생각이라고는 하지 않소이다."

"허허. 그럼 왜 고개를 숙이고 계시단 말이요? 대관절 주인하고 인사나 하시우."

형근은 이런 인사를 해본 일이 없으므로 속으로 몹시 조심을 하고 창피한 꼴을 당하지 아니하리라 하였다. 그래서 우선 속을 가다듬느라고 서투른 기침 한 번을 하였다.

솜씨 있는 이화의 통성명하는 것을 받아 어색한 형근의 인사가 있은 후 형근은 이화에게 고향을 물었다.

"고향이 어디슈?"

"○○예요."

"그럼 ××동리 살지 않으셨소?"

"네."

"그럼 지○○ 댁을 아시겠소?"

"알다 뿐예요. 바로 이웃해 살았는데요. 떠나온 지가 하도 오래니까…… 지금도 여태 거기 사시는지요?"

"살지요. 그런데 당신 아버지가 당신 어려서 작고하셨지요?"

"네. 그런 것까지 어떻게 아세요?"

"알죠. 그럼 혹시 나를 못 알아보시겠소?"

이화는 한참이나 다시 자세히 들여다보더니 그래도 알아보지 못한 듯이 고개만 갸웃하고 있다.

"글쎄요. 퍽 많이 뵌 듯하지마는 생각이 잘 나지 않는데요. ××동리 사셨에요?"

"허허, 너무 오래되어서 그렇게 잊은 것도 용혹무괴한* 일이지 마는 이웃에 살던 사람을 몰라본단 말이요? 내가 지○○의 아들이오."

이화의 눈은 둥그레질 대로 둥그레지며,

"네?"

하고 말이 안 나오는 모양이다.

형근도 자기 신세가 이렇게 된 것을 알리기가 부끄럽다는 듯이 말이 없이 앉았고, 그자는 둘이 안다는 것이 신기하다는 듯이 손뼉을 치며,

"아, 그래 서로 알았던가? 그것참 신소설 같군."

하는 두 눈에는 질투가 숨은 웃음이 어리었다.

"그런데 여기는 어째 오셨에요? 그렇지 않아도 처음부터 낯은 익어 보이었으나, 지 주사실 줄야 꿈엔들 알았을 리가 있에요?"

"나 역시 그럴싸하기는 하지만 어디 분명치가 못하니까 속으로

• 용혹무괴하다 혹시 그런 일이 있더라도 괴이할 것이 없다.

는 반가우나 말을 못 한 거 아니오."

형근은 세상을 몰랐다. 그가 고향에서 옛날에 알던 규수(지금의
창녀)를 만나 반가웁기가 한량이 없었지마는, 다시 생각하니 아니
꼽고 고개를 내두를 만치 더러웠다.

그는 옛날 일로부터 오늘 이 자리까지 이 이화라는 창녀의 신
변을 두르고 싼 환경의 물질이 어떻게 어떠한 자극과 영향을 주고
또는 질질 끌어다가 여기까지 왔는지를 해부하고 관찰하고 판단
할 능력이 없었다. 그는 다만 단순한 직관과 박약한 추측으로 경
솔한 독단을 내리어 인간을 평정(評定)하여 버릴 뿐이다.

이화가 오늘 이 자리에 앉았는 것도 그것이 다른 사회적으로 더
큰 원인이 있는 것은 생각할 여지도 없이, 이화 자신이 말할 수 없
는 잘못·죄악을 범행한 까닭으로 오늘 이렇게 된 것이라고밖에
생각지 못하였던 것이다.

그러한 관념으로 이화를 볼 때 형근의 눈에는 이화라는 창기가
옛날이야기에 나오는 음부·독부*로밖에 보이지 않았던 것이다.

그것을 생각하면 반가웁던 생각도 어디로 가고 다만 추악한 생
각뿐이 나서, 그 자리에서 피해 가고 싶을 뿐만 아니라 여태까지
주저하던 맘, 차리려는 생각, 쭈뼛쭈뼛하던 생각은 어디로 가고

• 음부, 독부 음부는 성격이나 행동이 음란하고 방탕한 여자, 독부는 성품이나 행동이 몹시
   악독한 여자.

171

마치 죄인을 꿇어앉힌 것같이 우월감과 호기가 두 어깨와 가슴속에 가득할 뿐이었다. 그리고 창기인 이화를 꾸짖어 마음을 고쳐주고 싶은 부질없는 친절한 마음까지 났다.

자기의 영락, 얼핏 말하면 타락은 어느 정도까지 당연한 일일는지 알지 못하나, 첫째 돈 많고 땅 많고 입을 것 먹을 것이 많던 지○○의 외아들이 철원 바닥에까지 굴러와서 노동자 중에도 그중엉터리하고 얼리어 한 순배에 사오십 전짜리 술을 사 먹으러 왔다는 것은, 이화라는 여자가 얼핏 생각하기에는 그렇게 의외의 일이 없는 것이다.

자기가 이렇게 된 것을 그 사람에게 보이는 것도 부끄러운 게아닌 게 아니지마는, 그 부끄러움까지 지나쳐서 지○○의 아들의일이 알고 싶지 않은 것도 아니었다.

술잔을 들고 의기 있게 자기가 계집을 기롱하는 솜씨를 보이어상대자를 위압하려던 그자는, 두 사람이 서로 동향 친구라는 이유로 자기 같은 것과는 서로 말할 여지가 없이 이상한 감격과 비극적 분위기에 싸여 있는 것을 보고, 자기도 그 분위기 속에 참가를하든지 그렇지 않으면 그 분위기를 헤쳐버리고 다른 기분을 만들어야 할 것을 깨닫고 말을 꺼내었다.

"아니 고향 친구를 만났으면 고향 친구끼리나 반가웠지, 딴 사람은 술도 못 먹는담?"

재담 섞어 솜씨 있게 말을 한다는 것이다.

이화는 손님의 마음을 거슬리지 않으려고 억지로 웃음을 웃어 마음을 가라앉혀 놓은 후,

"천리타향에 봉고인˚이라는 말이 있지 않아요? 조 주사 나리는 공연히 그러셔. 그만한 것은 아실 만하시면서. 약주를 처음 잡숫는 것도 아니요 세상 물정도 짐작하실 듯한데, 이런 때는 왜 그리 벽창호야."

이화는 생긋 웃었다. 그 웃음 하나가 조화 부린 웃음이던지, 소위 조 주사의 마음도 흰죽 풀어지듯 하였다.

"히히, 내가 벽창혼가? 이화하고 말이 하고 싶어 그랬지."

"말은 넌지시 하는 말이 비싼 말이라나? 손님도 계시고 한데 무슨 말을 한단 말이요."

"그럼 언제?"

"글쎄. 물어봐서는 무엇을 하우, 뻔히 알면서⋯⋯."

하고 웃음 섞인 눈으로 쨍그리고 본다.

"옳지, 옳지."

"글쎄 좀 가만히 있에요. 옳지는 무슨 옳지야. 부증˚ 난 데 먹는 가물치˚는 아니고? 이 손님하고 이야기 좀 하게 가만있어요."

- 봉고인 옛사람을 만남.
- 부증 몸이 붓는 증상.
- 가물치 '옳지'의 발음이 '올치'인 것에서, 이와 대구를 이루어 언어유희로 쓴 표현이다. '오다', '가다'가 반의 관계인 것처럼, '올치', '가물치'도 반의 관계로 썼다.

하고 고개를 형근에게 돌리려다가 잔이 비인 것을 보더니 조 주사란 자에게 술을 권하였다.

"자, 약주나 드시우."

하고 잔이 나니까 다시 형근을 주면서,

"그런데 여기는 어째 오셨에요? 참 반갑습니다. 벌써 우리가 거기서 떠나서 외가로 간 지가 칠팔 년 됩니다."

"그렇게 되나 보."

형근은 자기도 모를 한숨을 쉬더니,

"나 여기 온 거야 말할 것까지 있겠소? 그런데 당신은 어째 이렇게 되었소?"

하며 동정한다는 듯이 눈을 아래로 깔았다. 이 소리를 듣던 조 주사라는 자가,

"왜, 어때서 그러쇼. 인제 얼마만 있으면 내 마마*가 된다우."

하더니 혼자 신에 겨워서 허리를 안고 웃어댄다.

두 사람은 그 소리를 들었는지 말았는지,

"그동안에 제가 지내온 이야기는 다 해 무엇 하겠습니까? 안 들으시는 것이 상책이지요."

그의 얼굴에는 수심이 가득하여지면서 목소리가 비통하여진다.

"차차 두고 들으시면 아시지요."

• 마마 첩을 높여 이르던 말.

하고 다시 고개를 숙일 뿐이다.

"그래도 어디 이런 기회가 자주 있겠소? 만난 김이니 이야기 겸 말해보구려. 대관절 언제 이곳으로 왔소?"

하니까 조 주사라는 자가 가로막아 나오면서,

"온 지 벌써 반년이 되나? 그렇지 아마?"

하고 말고기 설익은 것 같은 얼굴을 이화에게 가까이 갖다 대며 들여다본다.

"네, 한 반년 돼요."

이화는 고개를 그자 얼굴에서 비키면서 말을 하였다. 대여섯 잔이 넘어 들어간 술이 얼근하게 돈 조 주사라는 자는, 자기 얼굴을 피하는 이화를 뚫어지게 보더니 다시 제 손으로 자기 뺨을 한번 탁 치며,

"왜 그래? 어째 그래? 사내 같지 않아? 얼굴에 뭐 묻었어? 왜 피해?"

하고 왜가리같이 소리를 지르더니 다시 슬쩍 농을 쳐서,

"하하, 그럴 것 뭐 있나? 이런 놈도 있고 저런 놈도 있지. 잘못했네, 응. 그만두세."

"무얼 잘못했어요? 글쎄 아까 말한 것 있지……. 우리는 너무 말을 하면 안 된다니까 그래요. 가만히 있어요."

"어떻게?"

"색시처럼."

형근은 우습기도 하고 또 심심치도 않아서 싱긋 웃다가 다시 이
화를 보고,

"그 후에 외삼촌 댁에서 언제까지 지냈단 말이요?"

"한 이태 지냈죠."

"그 후에는?"

할 때, 조 주사라는 자가 잔을 들더니 소리를 지른다.

"술 좀 따라! 술 먹으러 왔지, 이야기하러 왔나. 퉤퉤."

하고 침을 타구°에 뱉더니 지형근을 보고,

"노형, 실례가 많소. 그렇지만 대관절 말씀요, 술이나 자셔가면
서 이야기를 해야 할 것이 아니오. 이야기 안 하는 나는 어떻게 하
란 말씀요? 그렇지 않소?"

"그럴듯한 말씀요. 그럼 우리, 약주를 자십시다. 오히려 내가 실
례가 많습니다."

"아따 천만에. 그럴 리가 있나요? 두 분 이야기에 내가 방해가
된다면 먼첨° 가죠."

이번에는 이화가 두 눈이 상큼하여지며,

"온, 조 주사도…… 미치셨소? 그게 무슨 말씀이오, 사내답지
못하게. 두 분이 오셨다가 혼자 가신다니…… 어디 가보시우, 가

• **타구** 가래나 침을 뱉는 그릇.
• **먼첨** 먼저.

봐요. 가지 못해도 바보."

하고 입을 삐죽하였다. 조 주사라는 자는 바로 일어서더니 모자도 들지 않고 문 밖으로 나가려 하니까, 이화가 본체만체하더니 슬쩍 뒷손으로 그자의 옷자락을 잡으며,

"정말요? 이거 너무 과하구려. 내가 미안하구려. 어서 들어오시우."

하며 일어서서 잡으니까, 형근은 숫배기* 마음에 가슴이 덜렁한다.

"이거 정말 노하셨소? 가시려거든 같이 갑시다."

하고 따라나서려고까지 할 때,

"아니 놔요. 놔. 그런 법이 어디 있담?"

"잠깐만 참으시우. 자 들어와요."

조 주사라는 자는 못 이기는 체하고 들어오더니 자리에 앉아 깔깔 웃으며,

"가기는 어디를 가. 모자도 안 쓰고……."

하며 술잔을 든다. 형근은 속은 것이 분하고 속힌 것이 밉살스러우나 어떻든 홀연해졌다. 이화는,

"정말 붙잡은 줄 아남? 한번 해본 것이지."

이러는 서슬에 술이 얼마간 더 돌아갔다. 조 주사는 이화에게

• 숫배기 순진하고 어수룩한 사람. 숫총각이나 숫처녀.

술을 서너 잔 권하였다. 이화는 별로 사양도 하지 아니하고 그 술을 받아먹었다.

형근의 머릿속에서는 이화라는 창녀가 마치 하늘에서 죄짓고 땅에서 먹구렁이 노릇을 하는, 옛날의 삼 신선 중의 하나이다. 마찬가지로 자기의 지은 허물로 말미암아 이렇게 하게 되었다고 해석할 수밖에 없었다.

옛날에 귀한 것, 깨끗한 것, 아름다운 것은 이화 자신의 잘못으로 다 썩어지고 오늘에 남은 것은 간악한 것, 음탕한 것밖에는 없으리라는 생각밖에 없었다. 즉 이화는 옛날의 ○○의 딸의 죄악의 탈을 쓴 화신(化身)이다.

착한 자는 언제든지 착하고, 악한 자는 언제든지 악하다.

그것은 날 적에 타고난 숙명, 즉 팔자다. 이것이 그의 인생관이다.

그러므로 이화는 팔자를 창기로 타고났으므로 그는 언제든지 창기밖에 못 된다. 그의 가슴속에나 핏속에는 다른 것은 조금이라도 섞이었을 리가 없었던 것이다.

형근도 술기운이 돌면서 얼기설기하게 척척 쌓였던 감정이, 흥분됨을 따라서 마치 초가집 장마 버섯* 모양으로 떠올라 오기를 시작하였다. 그는 자기가 아버지에게 듣던 것이나 마찬가지 교훈

• **초가집 장마 버섯** 장마가 지고 습해지면 초가집 여기저기에서 버섯이 자라나는 것을 이르는 말.

을 이화에게 하여주고, 어른이 아이에게, 친구가 친구에게, 형이 아우에게 하여주는 것 같은 책망과 충고를 하여주고 싶었다. 말하자면, 이웃집 부정한 처녀를 종아리 치는 듯한 심리로 이화를 보고 앉았다.

"왜 당신이 이런 짓을 하고 앉았단 말이요?"

형근은 젓가락 짝으로 상머리를 두들기며 엄연하고 간절한 말로 말을 하였다.

"당신도 당신 아버지와 당신 집을 생각해야죠."

형근의 말은 틀은 잡히지 않았으나 꾸밈이 없고 진실하고 힘이 있었다.

"나는 이런 데서 당신을 보는 것이 우리 누이를 보는 것보다 부끄러워요."

이화의 가슴속에는 대답할 말이 많았을 것이다. 그러나 그는 말이 없었다. 그는 다만 그 말을 듣고 있었다. 방 안은 갑자기 엄숙하여졌다. 조 주사라는 자는 처음에는 눈이 둥그레지더니 나중에는 '힝' 하고 코웃음을 쳤다.

"언제든지 이 모양으로 있을 터이요? 그래도 어째서 마음을 고칠 수 없겠소?"

이화는 그 '마음을 고칠 수 없겠소?' 하는 소리를 듣고 형근을 기가 막히다는 듯이 치어다보았다. 그러더니 안타까움에서 나오는 눈물이 그의 두 눈에 진주같이 고였다.

조 주사는 이화가 우는 것을 보더니 제법 점잖은 듯이,

"손님이 무슨 말씀을 하시면 잘 명심해 들을 것이지, 울기는 무얼 울어!"

하고 덩달아 책망이다.

"돌아가신 아버님의 이름을 더럽히는 것도 더럽히는 것이어니와……."

하다가 형근은 이화의 눈에서 눈물이 흐르는 것을 보고는 말을 그쳤다. 그는 너무 큰 감격으로 인하여 자기의 감정이 찬지 더운지 알 수 없게 된 것 같았다. 그러나 그는 하던 말을 다시 이어,

"살아 계신 어머니 생각은 하지 않소?"

할 때 이화는,

"어머니는 돌아가셨에요."

하고 그대로 꺼꾸러져 운다.

형근은 이화가 우는 것을 볼 때, 그는 놀랐다는 것보다도 기적을 보는 것 같았다. 그에게 눈물이 있었을 리가 있으랴. 자기도 자기 아버지가 돌아갔을 때 자기가 억제할 수 없는 눈물이 난 일을 당하여 본 일밖에, 참으로 가슴에서 펑펑 넘쳐흐르는 눈물을 흘려 본 일이 없었다. 자기 아버지가 돌아간 것이 자기로 보아서 세상에서는 가장 엄숙하고 비통하고 또는 위대한 사실인 동시에, 자기가 그렇게 울어보기도 아마 전에 없던 일이요 또다시 없을 것이다. 그것은 지금이나 언제든지 그의 가슴에 속 깊이 깊은 인상으

로 남아 있는 것이다. 그 인상은 때때로 자기에게 힘있는 정열과 감격을 주어서 이상한 감정의 세례를 받는 때가 있다.

이화가 운다. 샘물을 손으로 막는 것처럼, 막을수록 북받쳐 올라오는 울음은 형근의 가슴속으로 푹푹 사무쳐 드는 것 같았다.

울음은 모든 비극을 알리는 음악이니, 형근은 이 비극적 장면을 볼 때 말할 수 없이 위대한 사실을 목전에 당한 것 같았다.

꼭 자기 아버지가 돌아갔을 적에 자기가 받은 인상이나 별 다름 없이 비통하고 엄숙하였다.

그는 까딱하면 따라 울 뻔하였다. 코도 벌룽거리는 것을 참고, 눈에 눈물이 핑그르르 도는 것을 슴벅슴벅하여 참았다.

그러나 형근은 이화가 어째 우는지를 알지 못하였다. 옆에 있는 조 주사라는 자는 이화의 어깨를 흔들면서 혀 꼬부라진 소리로,

"글쎄 울지 말어. 내가 다 알어. 이화의 맘을 나는 다 안단 말야. 자, 고만두고 일어나요. 공연히 그러면 무얼 해?"

형근은 속으로 '알기는 무엇을 안다누? 무슨 깊은 의미가 있나?' 하는 궁금한 생각이 나나, 속으로 참고 여태까지 아무 말도 못 하고 앉아 있다가 이화의 어깨를 조 주사란 자 모양으로 흔들어보며,

"글쎄 울지 마소. 그만 그치쇼. 울지 말아요."

하였으나 들은 체 만 체 하고 엎드려 울 뿐이다.

형근은 나중에는 민망한 생각이 나서 말이 없이 앉았으려니까,

조 주사라는 자는 일껏 흥취 있게 놀 것이 깨어져서 분한 생각이 나서 혼잣말처럼,

"울기는 왜 쭉쭉 울어, 재수 없게. 응? 쯧쯧."

혼잣말같이 중얼거리며 화증을 내고 앉아 있다.

얼마 있다가 이화는 일어서서 아무 말도 없이 얼굴을 외면하고 바깥으로 나갔다.

조 주사란 자는 형근을 보더니 눈짓을 하며,

"고만 깁시다."

하고 입맛을 다셨다. 생각하니 더 앉았어야 재미도 없을 것이요, 또 재미있게 하자면 주머니 속 관계도 있음이다.

형근은 이마를 기둥에 받은 듯이 웬일인지 알 수가 없어서 멀거니 앉았다가 그대로 고개만 끄덕끄덕하고,

"네."

하였을 뿐이다. 그렇지만 형근은 알 수가 없다. 어째서 창기인 이화의 눈에서 눈물이 났으랴?

얼마 있다가 이화는 손을 씻고 들어오며 머리단장을 다시 하였다. 조 주사라는 자는 일어서며 셈을 하였다.

"왜 그렇게 가세요? 제가 너무 실례를 해서 그러세요?"

하며 미안해한다. 조 주사라는 자는 입에 달린 치사*로,

---

* 치사 고맙고 감사하다는 뜻을 표시함.

"아니 그럴 리가 있나. 다음에 또 오지."

하며 마루에서 내려섰다. 형근은 여전히 큰 수수께끼를 품고 조 주사의 뒤를 따라 내려갔다.

조 주사는 문 밖에 나섰다. 형근이 마당에서 중문으로 나갈 때 이화는 넌지시,

"쉬* 한번 조용히 놀러 오세요."

하였다. 형근은 대답을 한 둥 만 둥 바깥으로 나왔다. 조 주사는 형근을 보더니,

"아주 재미없었소."

하며 입을 찡그린다. 형근은 재미가 있고 없는 것은 그만두고라도 이화의 눈물을 해석할 수가 없어서,

"대관절 이화가 왜 그렇게 울우?"

하고 물으니까, 조 주사라는 자는 손가락질을 하며 혀끝을 차고,

"허는 수 없어. 으레 그런 계집들이란 그런 것이 아뇨? 아마 노형이 전에 잘살았다니까 지금도 전 같은 줄 알고 그러는 게지."

"돈 먹으랴고?"

"암. 어떻게 그런 데서 구해나 줄까 하구 그러는 게 아뇨."

"구허다니요?"

"지금은 팔려 와 있지 않소."

• 쉬 쉬이. 멀지 아니한 가까운 장래에.

5

형근은 조 주사라는 자가,

"어디 잠깐 다녀가리다."

하고 샛길로 슬쩍 빠져버리는 것을,

"꼭 다녀오시우. 기다릴 터이니."

하고 어슬렁어슬렁 술에 풀린 다리를 좌우로 내놓으며 큰 길거리를 지나갔다.

길가에는 전기등으로 휘황히 차린 드팀전*, 잡화상, 더구나 자기의 평생 한번 가져보고 싶은 자전거가 수십 대 느런히* 놓인 것이 어른어른하여 불같은 호기심이 일어나서 그 앞에 서서 그것을 구경도 하다가 다시 돌아서며,

"내…… 돈만 모으면 꼭 한 대 사서 두고 탈 터이야."

하며 그는 주먹을 쥐며 결심을 하고, 머릿속으로는 자기 시골에서 때때 자전거 타고 다니는 면서기를 보고 부러워하던 생각을 하였다.

그는 혼자 자전거 공상을 하다가, 그것이 어느덧 변하였는지 양복 입은 면서기가 되었다가, 다시 돈을 많이 가진 촌부자가 되었

* **드팀전** 예전에, 온갖 옷감을 팔던 가게.
* **느런히** 죽 벌여서.

다가, 그러다가 발부리가 돌을 차는 바람에 다시 지금 철원 와서 노동하려는 지형근이가 되었다.

그는 훗훗한 남풍이 빙그르 자기를 싸고도는 큰길을 지나 골목 길로 들어서다가 어떤 촌색시가 지나가는 것을 보고, 깜박 잊어버렸던 이화가 다시 눈앞에 보였다.

그는 술기운이 젊은 피를 태우는 번뇌스러운 감정 속에 그 이화를 다시 생각하였다.

'조 주사 말이 참말이라 하면 이화에게도 어딘지 사람다운 데가 남아 있었던 것이지. 그러나 만리타향에서 옛사람을 만났지만 시운이 글렀으니 낸들 어찌하나?'

하며 개탄하는 맘으로 얼마를 걸어가다가,

'그러나 누가 창기 여자의 울음을 곧이 생각을 한담. 모두 못 믿을 것이야. 못 믿을 것이지.'

바로 세상 경험이 풍부한 사람처럼 점잖게 결정을 하고, 앞에 누가 있는 사람처럼 고개와 손을 내흔들었다.

그는 움에 왔다. 옆에 무성한 풀 냄새가 움을 덮은 진흙 냄새와 함께 답답하게 가슴을 누른다.

노동자들은 웃통, 아랫도리를 벗은 채 거적때기들을 깔고 즐비하게 드러누워서들 혹은 코를 골기도 하고, 혹은 돈타령도 하고, 혹은 두 다리를 모으고 앉아 단소도 분다. 한 모퉁이에는 고춧가루를 태우는 것같이 눈을 뜰 수 없는 풀로 모깃불을 놓았다.

그는 여러 사람 있는 틈을 지나갔으나 자기를 보고 알은체하는 사람이 드물었다. 그중에 키 크고 수염 많이 나고 얼굴 검고 눈이 부리부리한 사람이,

"허허, 대단히 좋으시구려. 연일 약주만 잡수시니. 조 주사만 친구고 우리 같은 사람은 친구가 못 된단 말요? 그런 데는 따돌리고 다니니. 허, 젊은 친구가 그런 데 맛을 붙여서는……."

빈정대는 어조로 말을 하니 형근은 갑자기 할 말이 없어서 주저주저 어색해하다가,

"잘못됐소이다."

하였으나 맨 나중에 '젊은 친구가' 하고 누구를 타이르는 것 같은 것이 주제넘은 것 같아서 혼자 속으로만 알아두었다.

그는 바깥에 좀 앉아서 여러 사람들과 이야기나 할까 하는 생각이 있었으나, 그자의 말이 비위에 거슬리므로 그대로 움 속으로 들어가기로 하였다.

움 속은 흙내에 사람의 땀내, 감발에서 나는 악취가 더운 기운에 섞여서 일종의 말할 수 없는 냄새를 낸다. 즉 여우의 굴에서 노린내가 나는 것같이 사람 중에서도 노동자 굴에서 노동자 내가 나는 것이다.

그는 불과 몇 마장* 떨어져 있지 않는 이웃집과 지금 자기가 들

---

* **마장** 거리의 단위. 오 리나 십 리가 못 되는 거리를 이를 때, '리' 대신 쓰인다.

어온 이 움 속과의 차이가 너무 현저한 데 아니 놀랄 수가 없었다.

이화는 일개 창부다. 자기는 그래도 그렇지 않은 집 자손으로 힘들여 돈을 벌려는 사람이다. 그 차이가 너무 과한 데 그는 의혹이 없지 않았다.

그가 더듬거려 움 안으로 들어갈 때,

"어디 갔다 오나? 여태 찾았지."

하고 나서는 사람은 자기 동향 친구였다.

"난 길이나 잊어먹지 않았나 하고 한참 걱정을 하였네그려. 그래서 각처로 찾아다녔지. 대관절 저녁이나 먹었나?"

형근은 웬일인지 이화의 집에 갔었단 말을 하기가 부끄러웠다. 그는 그 말을 하면 그 동향 친구가 반드시 자기를 꾸짖을 것 같고, 또 이화의 집 갔던 것이, 더구나 옷을 팔아서까지 갔었다는 것은 말할 수 없이 분수에 넘치는 경솔한 짓 같았다.

그래서 그는,

"나는 또 자네를 찾았다네."

처음으로 속에 없는 거짓말을 하였다.

"조 주사가 한잔 낸다고 해서……."

잠깐 말을 입 속에다 넣고 우물우물하다가,

"그래서 또 한잔 먹지 않았나. 자네하고 같이 가지 못한 것이 대단히 미안하네마는, 어디 있어야지……."

동향 친구는 형근의 말에 거짓이야 있을 리 없으리라 믿는 듯이,

"인제는 고만 다니게. 여기가 어떤 덴 줄 아나? 조 주산지 그자
하고 다니지 말게. 사람 사귀기도 몹시 어려우이."

형근은 실쭉하여지며 말이 없었다. 속으로 생각에, 대체로는 그
친구 말이 옳은 말이지마는 조 주사 같은 친구와 사귀지 말라는
데는 도리어 동향 친구에게 질투가 있는가 하여 적지않이 불목*이
있었으나 말로는 나타내지 않았다.

그는 말이 없이 한 귀퉁이를 비비고 드러누웠다.

일부러 눈을 감아 오지 않는 잠을 청하나, 찌는 듯이 무더운 기
운이 콧속에 꽉 차서 잠은 오지 아니하고 답답한 생각에 마음이
바깥으로만 나간다.

그는 지금 돈 아는 동물들이 늘비하게 드러누워 있는 곳에서,
생각은 이화에게서 멀리하여지지 아니한다. 그는 어두움 속에서,
끊어지는 듯 이어지는 듯 애소하는* 듯 우는 듯한 단소 소리가 움
밖에서부터 청아하게 이 움 속으로 흘러들어 와 자기의 몸과 혼을
스치고 지나갈 때, 그의 피는 공연히 타는 것 같아서 마음을 어찌
할 수 없었다. 그는 고요한 꿈에서 소요하는 것같이, 흐르는 듯하
고 녹은 듯한 정조에 잠길 때도 있다가, 또는 미쳐 날뛰는 파도 위
에 한 조각 배를 띄우듯이 무서웁게 흔들리는 정열에 마음을 어떻

• 불목 언짢음. 불만.
• 애소하다 슬프게 하소연하다.

188

게 진정해야 좋을지 알지 못하기도 하였다.

그는 하는 수 없이 일어섰다. 몸을 털고 나왔다. 그는 움을 뒤에 두고 들로 나왔다가 뒷산으로 올라갔다가 다시 내려왔다가 앉았다가 섰다가 하였다. 하늘에는 별이 총총하고 풀에는 이슬이 다락다락하였다.

6

이튿날 아침에 해가 동산에 솟았다. 생명 있는 태양이다.

언제든지 절대의 뜨거움과 광명으로 싼, 생명을 가진 태양이다. 태양이 없는 곳에 생명이 없다.

구릿빛 햇발이 온돌방을 비추고, 그것이 또한 거짓이 없고 편협함이 없이 이 구더기 같은 노동자들이 모인 곳에 그의 생명의 빛을 비추어주었다.

형근은 일어나던 맡에 세수를 하였다. 그는 세수를 하고 아침안개가 낀 넓은 벌판을 내다보고 호호탕탕한 기운을 모조리 들이마실 듯이 가슴을 벌리고 숨을 들이마셨다. 그는 또 한번, 넓은 들에서 이삭이 패어가는 벼 위에 가득히 내리쪼인 햇볕이 눈부시게 반사하는 것을 보고 알 수 없는 기운이 자기 몸에 가득 차는 것 같아서 두 팔을 들었다 놓았다 하였다.

형근은 여러 사람들과 모여 앉아서 밥 되기만 기다리고 있었다. 노란 조밥을 사기 사발에 눌러 담고 그 위에 오이지 한 쪽씩 놓거나, 그렇지 않으면 무쪽 두 개씩 놓는 것이 그들의 양식이니, 그나마 잘못하면 차례가 못 가거나 양에 차지 않아서 투덜대게 되는 것이니, 형근의 신조는 어떻든 이런 곳이나 이런 밥을 달게 여기고 부지런히 일만 하고 얼마만 신고하면˚ 고만이라고 스스로 위로하였다.

형근도 남과 같이 밥을 기다렸다. 어저께와 그저께 같이 술을 먹고 지내던 두서너 사람도 옆에 있었다.

그러나 그들은 수상스러웁게 자기를 두서너 번 치어다보더니,

"여보슈!"

하고 말이 공손하여졌다. 형근은 따라서,

"왜 그러시우?"

하였다. 세상 사람도 모두 자기같이 은근하고 친절하였다.

"미안한 말씀이지마는 돈 가지신 것 있거든 20전만 취하실˚ 수 없겠소?"

형근은 그 말하는 사람보다 자기가 더욱 미안하고 얼굴이 붉어지는 것 같았다. 자기가 남더러 돈 취해 달랠 적 모양으로 그도 무

- **신고하다** 어려운 일을 당하여 몹시 애쓰다.
- **취하다** 남에게서 돈이나 물품 따위를 꾸거나 빌리다.

안하리라 하였다.

그래서 그는 주머니를 뒤졌다. 형근은 어저께 술집에서 남은 돈 20전이 있는 것을 생각하고 서슴지 않고 내주었다.

"예, 여기 20전이 남았구려. 자, 옛소이다."

하고 신기하고 즐거운 마음으로 꾸어주었다. 속으로는 '이따가 주겠지' 하였다.

그 사람은 그것을 받더니,

"고맙소이다. 이따 저녁에 갚으리다."

하고는 옆엣사람과 수군거리며 저리로 가버린다.

형근은 한참이나 앉아서 기다리려니까 배가 고파왔다. 그리고 여러 사람들을 보니까 그들도 일하러 가는 사람 같지는 않게 배포 유하게* 앉아서 이야기들을 한다. 한옆에서는 어떤 자가 다른 어떤 사람더러 5전짜리 단풍표 담배 한 개를 달라거니 안 주겠거니 하고 싸움이 일어나서 부산하다.

조금 있더니 동향 친구가 왔다.

"여보게, 밥이 다 되었네. 밥 먹으러 가세."

하며,

"밥값이나 있나?"

하였다.

---

* **배포 유하다** 서두르거나 조급하게 굴지 않고 여유 있다.

"밥값이라니?"

형근은 눈이 둥그레졌다.

"밥값이라니가 무어야? 누가 거저 밥 준다던가? 15전씩이야."

형근은 기가 막혔다. 오던 날부터 그저 모든 것을 다른 사람들에게 밀어 맡기면 될 줄 알았고, 또 그자들도 '염려 말어, 염려 말어' 하는 바람에 정신없이 지내다가 20전까지 아침에 뺏긴 것을 생각하니 허무하다.

"밥은 일일이 사서 먹나?"

"그럼 누가 밥값까지 낸다던가? 어림없네."

동향 친구는 그래도 주머니에 돈이 얼마나 남았을 줄 알고서,

"이거 왜 이러나. 어서 내게."

형근은 덜렁 가슴이 내려앉아서 동향 친구를 붙잡고 돈이 한 푼도 없는 이야기를 하였다.

동향 친구라는 사람은 친구라고 하느니보다 형근 집에 은혜를 입은 사람이다. 같은 양반으로 형근네는 돈푼이나 있고 할 때 그 친구의 아버지가 빚진 것이 있었으나 그것을 갚지 못하여 심뇌하 는˚ 것을 형근의 아버지가 알고 호협한˚ 생각에 그대로 탕감을 해 준 일이 있다.

• **심뇌하다** 마음속으로 괴로워하다.
• **호협하다** 마음이 넓고 의롭다.

지금은 그 아들들이 서로 만났지만, 선대의 일들을 서로 가슴속에 넣어둔 터라 그 친구는 형근을 그리 괄시를 하지 않는다.

"그럼 가세."

그 친구와 밥을 먹었다. 그나마 형근은 신셋밥* 같아서 먹고 나서도 몹시 미안하였다.

아침을 먹더니 그 친구가 형근을 보고 이르는 말이,

"누가 어디를 가자거나 일구녕이 있다거나…… 도무지 듣지 말게."

하고 점심값을 주고 가버렸다.

그는 공연히 왔다 갔다 하며 혼자 심심히 지낼 뿐이다. '조 주사가 오늘은 꼭 올 터인데, 어제 어디서 자고 아니 오노.' 하며 오정이 넘어 해가 두 시나 되도록 기다렸으나 오지 않았다.

그는 한옆으로 '밥 먹을 구멍이 얼핏 생겼으면 좋을 텐데.' 하는 걱정과 또 '조 주사나 왔으면 모든 것을 의논하여 보겠다.' 하고 기다리는 마음도 마음이려니와, 또 한 가지는 이화의 울던 꼴이 생각나고 또는 은근히 한번 오라고 하던 말이 어떻게 박혀 들었는지 잊을 수가 없다. 그나마 하루 밤 하루 낮이 지나고 나니까 부쩍 마음이 그리로 키워져서 못 견디겠다.

그는 앞산에 올라가서 이화의 집이라도 가리켜 보려는 듯이 부

• **신셋밥** 다른 사람에게 폐를 끼치며 얻어먹는 밥.

리나케 올라갔다. 그러나 서투른 눈에 복잡해 보이는 시가가 방위도 알 수 없고 어디쯤인지도 몰라서, 동에서 떴다가 서에서 지는 해만 공연히 치어다보며 '동서남북'만 욀 뿐, 나중에는 고향이나 바라본다고 남쪽만 내다보다가 그대로 풀밭에서 멀거니 있다가 잠이 들어버렸다.

잠을 깨고 나니 벌써 해가 서쪽에 기울려 하였다. 그는 무엇에 놀란 사람처럼 벌떡 일어나서 허둥지둥 움을 향하여 왔다. 그는 밥 먹을 시간이 늦은 것도 늦은 것이려니와, 조 주사가 일할 자리를 얻어가지고 와서 자기를 찾다가 그대로 가지 아니하였나 하는 걱정이 있음이었다.

그는 때늦은 찬밥을 사 먹고 옆엣사람들에게 물어보았으나, 조 주사는 다녀가지 않았다 하였다.

그렇게 지내기를 닷새가 넘고 열흘이 넘었다.

조 주사라는 자는 장거리에서 한두 번 만났으나 코웃음을 치고 우물쭈물 얼렁얼렁하고 홱 피해버릴 뿐이고 전과는 딴판이요, 동향 친구는 사람이 입이 무거워서 말은 아니 하지마는 그래도 기색이 좋은 기색은 아니었다. 그뿐 아니라 그 더운 염천˚에 그 지저분한 곳에서 여벌 옷 한 벌을 입고 지내려니까 온몸에서 땀내가 터지게 나고, 옷이 척척 달라붙어서 거북하고 끈적끈적하기 짝이 없다.

˚ 염천 불타는 하늘. 곧 몹시 더운 날씨.

그는 비로소 사람 많이 사는 데 인심 강박한 것을 알았다. 아무도 자기를 위하여 힘써주는 이 없고, 더구나 서로 으르렁대고 뺏어 먹으려고 하는 것뿐인 것을 알았다.

그뿐 아니라 그는 지금까지 시골서는 양반이었고 행세하는 사람이요, 먹을 것은 없으나 그래도 일군에서 누구라면 알아주기는 하였으나, 지금 여기 와서는 지형근의 존재가 없다. 그뿐이면 오히려 예사이지마는, 입을 것도 없고 먹을 것도 없어 남의 것을 빌어먹다시피 하는 사람이 된 것을 생각할 때, 그는 자기가 불쌍하니보다도 웬일인지 가슴에서 무서운 생각이 날 뿐이다.

자기가 이화를 보고 그 계집이 창기가 된 것을 비웃었으나, 그는 오늘에 거의 비렁뱅이가 된 것을 생각하고 눈이 아플 만치 부끄럽지 않을 수가 없었다.

그러나 이곳에 온 지 열흘이 넘도록 그는 일이라고는 붙들어 보지를 못하였다. 자기뿐만 아니라 자기와 같이 잠을 자는 축에도 십여 명이나 그런 사람들이 있다. 그는 이상해서 하루는 물었다.

"당신들도 일자리가 없어서 노시우?"

그들은 서로 얼굴들을 보더니 그중 한 사람이,

"그렇소. 요새는 여름이 되어서 전황한˚ 까닭에 일본 사람들이 일을 하지 않는다우. 그래 일자리가 퍽 드물죠. 그렇지만 가을만

˚ 전황하다 돈이 잘 돌지 아니하여 귀하다.

195

되면 좀 괜찮죠."

"가을에는 일본 사람들이 돈을 풀어놓나요?"

"풀다 뿐요? 작년 가을에도 여기 수만금 떨어졌소. 오죽해야 돈
소내기가 온다 했소."

형근은 다만,

"네에, 그래요?"

하고 말을 못 했다.

"가을까지만 기디리시우. 그때는 괜찮으시리다. 저것 좀……"

하고 전찻길 깔아놓은 걸 가리키며,

"저것 놓는 데도 돈이 산더미같이 들었소. 지긋지긋합니다."

형근은 그 말에 배가 불러서 공연히 좋았다. 속으로, 가을만 되
면 태산만큼은 그만두고라도 그 한 모퉁이쯤은 생기려니 하고 혼
자 좋았다.

돈 생기는 생각만 하면 이화 생각이 난다. 이화 생각이 나면 이
횟집에 가고 싶다. 젊은 가슴은 그림자를 붙잡으려는 듯한 부질없
는 정열로 해서 애를 쓴다.

그는 밤중만 되면 이횟집 앞을 돌아온다. 갈 적에는 혹시 이화
의 그림자라도 보았으면 하고 가기는 가지마는, 어찌 그런 일에
그러한 공교로움이 있을 리가 있으랴.

갔다가는 헛되이 돌아오고, 돌아올 때에는 스스로 다시 안 가기
를 맹세한다. 맹세만 할 뿐이 아니라 이화를 멸시하고 욕하고 침

196

뱉었다.

그러나 그 이튿날이 되면 아니 가려 하다가도 자연히 발길이 그쪽으로 향하여져서, 으레 허행°일 것을 알면서도 다녀오지 않을 수가 없었다.

하루는 전처럼 그 집 앞을 지나다가 그 집을 기웃이 들여다보았다. 여간한 대담한 짓이 아니었다. 그는 발길을 돌이켜 (누가 쫓아서 나오는 것처럼 머리끝이 으쓱하여) 나와서 집 모퉁이를 돌아서며 다시 한번 훌쩍 돌아볼 제, 마침 그 집에서 나오는 사람이 있는 것을 보았다.

그 사람은 다시 말할 것 없는 조 주사였다. 형근의 얼굴에는 갑자기 질투의 뜨거운 피가 올라오더니 두 눈에서 번개 같은 불이 솟는 것 같았다.

만일 자기 손에 날카로운 칼이 있다 하면 당장에 조 주사를 죽여버리거나 그렇지 않으면 자기가 죽어버릴 것 같았다.

그는 그날 종일 잠을 자지 못하였다. 그는 부질없이 몸에 힘이 오르고 엉터리없는° 결심과 용기가 생기기 시작하였다.

그는 '내일은 내 모가지가 달아나더라도 이화를 만나보리라.' 하였다.

• **허행** 목적을 이루지 못하고 헛수고만 하고 가거나 옴. 또는 그런 걸음.
• **엉터리없다** 정도나 내용이 전혀 이치에 맞지 않다.

그러나 만나볼 도리는 없었다. 자기의 주제를 둘러보며 부끄러운 생각이 날 뿐이요, 주머니에는 가을에나 들어올 돈이 아직 한푼도 없다.

그는 눈을 감고 생각하였다.

'내 맘이 떴다.'

그러나 비행기를 탄 사람이 바깥을 보지 않고는 떴는지 안 떴는지를 모르는 것처럼, 형근은 뜬 것 같기는 하나 또 그렇지 않은 것같기도 하다.

혹간 냉정히 자기가 자기를 보려다가도 조 주사가 생각날 적에는, 그는 조 주사는 볼지라도 자기는 볼 수가 없었다.

그는 돈을 얻을 도리를 생각하였다. 그러나 바위 위에서 물을 구하는 것이나 마찬가지였다.

빈궁은 죄악을 만든다는 말이 진리가 아니라고 할 사람은 없을 것이다. 형근은 무슨 분수 이외의 도리가 있다 하면 해보지 않고는 못 배길 만치 되었다.

그는 동향 친구를 또 생각하였다. 동향 친구는 그동안 근근이 저축한 돈이 얼마인지는 모르나, 쇠사슬로 얽어놓은 가죽지갑 속에 있는 것을 일전에 무엇을 찾느라고 꺼내는 것을 보았다.

그는 처음에는,

'그렇지만 염치가…… 어떻게 돈까지 꾸어달라노?'

하다가는,

'돈은 또 무엇에 쓰느냐고 하면 대답할 말도 없지.'

하고 눈을 꿈벅꿈벅하다가,

'그렇지만 내 말이면 제가 돈 몇 원쯤 안 취해주지는 못하렷다.'

이렇게 혼자 궁리는 하나, 맘뿐이요 몸으로 할 것 같지는 않다.

그는 또 당장에 단념을 하여버리는 것이 옳은 듯이,

'에 고만두어라. 내 마음이 비뚤어가기 시작을 하는 것이야.'

하고 툭툭 털고 일어나서 빙빙 돌아다녔다. 그날 저녁 동향 친구
는 형근을 찾았다.

"여보게, 일자리가 생겼네."

하고 형근에게 달려들 듯하였다. 형근은 너무 의외의 일이라 가슴
이 공연히 설렁 내려앉더니 두근두근하며 손끝이 떨린다.

"어디?"

"글쎄 이리 오게. 떠들면 여러 사람 와 덤비네."

"모레는 금화(金化)로 가세. 내가 오늘 거기 십장에게 자네 일까
지 부탁을 하여놓았으니까 염려 없네. 금전도 퍽 후하고 일도 그
리 되지* 않은 것이야."

형근은 좋은 소식은 좋은 소식이나 또는 마음 한 귀퉁이가 서운
하다.

"금화?"

• 되다 벅차다. 힘들다.

하고 형근은 눈을 크게 뜨며,

"여기서 꽤 멀지?"

하고 초연한* 생각이 나타난다.

"무얼…… 얼마 된다고. 한나절이면 갈걸."

두 사람은 모레 같이 떠나기로 약조를 하였다. 형근은 감사스러운 중에도 무정스러운 감정으로 공연히 마음이 가라앉지 않아서 허둥지둥 엉덩이를 땅에 대지 아니하고 저녁을 먹었다.

저녁을 먹은 뒤에 그는 움 앞에 다시 앉았었다. '이화는 다시 한번 보지도 못하는구나.' 하며 한숨을 쉬었다. 그러나 '꼭 한번 오라고 하였으니 의리상으로라도 한번은 가보아야 할 터인데……' 하다가 그대로 생각나는 것은 동향 친구 주머니 속에 있는 지전 조각이었다.

'내가 입으로 말을 할 수야 있나? 죽어도 그것은 할 수가 없지.'

말을 하는 입내*만 내어보아도 쭈뼛쭈뼛하여지는 것 같다.

'인제야 일할 구녕이 생겼으니까…… 나중에 갚는 것도 걱정이 없어졌으니까.'

으쓱한 생각에 마음이 느긋하여졌다. 이화를 찾아가는 것도 그다지 부끄러울 것 없을 것 같았다.

• **초연하다** 얼굴에 근심스러운 빛이 있다.
• **입내** 소리나 말로써 하는 흉내.

'세상에 사람이 살아가려면 권도°라는 것도 있는 법이지마는, 나 같아서야 어디 살아갈 수가 있어야지⋯⋯.'

해가 넘어가고 날이 어둑어둑하여지니까 공연히 마음이 처량하여지면서 쓸쓸하다. '오늘 저녁이 아니면 내일 저녁밖에 없는데.' 하며 담배를 붙여 물고 한 바퀴 휘 돌아왔다.

와서 보니까 본시 술을 많이 먹지 못하는 동향 친구가 어디선지 술이 잔뜩 취하여 저쪽에다가 거적을 깔고 외따로이 누워 있다.

'이것이 웬일인가?'

하고 곁으로 가보니까, 그는 세상을 모르고 잔다.

그의 가슴은 웬일인지 무슨 예감을 받은 사람처럼 떨리더니, 그의 머릿속에 번개같이 일어나는 충동이 있다.

마치 어여쁜 여자가 외로이 누운 그 곁에 선 젊은 남자가 받는 충동이나 마찬가지로, 주머니에 돈을 지닌 사람이 아무도 보지 않는 곳에 의식을 잃어버리고 누운 것을 본 형근은, 더구나 돈에 대하여 목전에 절실한 필요를 느끼는 그는 무서운 죄악의 충동을 느끼었다.

그러나 그는 그 찰나에 자기가 의식치 못하던 죄악의 충동을 일으킨 것을 깨달았을 때, 그는 이를 깨물며 주먹을 쥐고 울 듯이 고개를 내젓고 마음속 깊이깊이 뜨거운 후회로 자기를 깨달았다.

• **권도** 목적 달성을 위하여 그때그때의 형편에 따라 임기응변으로 일을 처리하는 방도.

그는 그러한 마음을 한때라도 다정한 친구에게 일으킨 것이 그에게 대하여 무엇이라고 말할 수 없이 미안하였다.

그는 그를 잡아 흔들었다.

"여보게, 이슬 맞으면 해로우이. 들어가세."

목소리는 다정함으로 떨렸다.

"응, 응. 가만있어."

하며 다시 얼굴을 하늘로 두고 뒤쳐* 드러누우며 그는 풀무*같이 숨을 쉬면서 드르렁드르렁 코청이 떨어지듯이 숨을 쉬었다.

"이거 큰일 났군."

형근은 그래도 다시 가까이 가서 몸을 추스르려 할 때, 그 동향 친구의 지갑이 어디 들어 있는지 그것부터 먼저 보지 아니치 못하였다.

그는 동향 친구를 일으켜 겨드랑이를 부축하였다. 동향 친구는 세상을 몰랐었다. 그러나 눈을 한번 떠서 형근을 보더니 안심하는 듯이 다시 까부라졌다.

형근의 손은 그 동향 친구의 지갑에 닿았다. 그는 맥이 풀려서 지갑을 꺼내기는 고사하고 친구까지 땅에 떨어뜨릴 뻔하였다.

그는 다시 팔에 힘을 주어 움 속까지 그를 끌고 들어갔다.

· 뒤치다 뒤집다.
· 풀무 불을 피울 때에 바람을 일으키는 기구.

바깥에서는 여러 사람들이 이 꼴을 보며 저희들끼리 떠들었으나 거들어주는 자는 없었다. 그러나 움 속에 들어오니 아무도 없으므로 별로이 보는 이가 없었다.

형근은 그 컴컴한 움 속에서 그 친구를 든 채 얼마간 섰었다. 내려놓지도 않고 눕히지도 않고 그는 무서운 시련의 기로에서 방황하였다.

그는 눈을 한 번 감았다 뜨며 친구를 눕히는 서슬에 지갑을 뺐다. 그의 손은 이상한 쾌감과 함께 손아귀가 뿌듯한 것을 깨달았다.

그는 친구를 뉘고 달음박질해 나왔다. 그는 사람 적은 곳에 가서, 그것을 열지도 못하고 한숨을 길게 내쉬었다. 그는 다시 시원한 가운데에서도 무서움을 품고, 그것을 펴지도 못하고 열지도 못하다가 다시 저쪽으로 갔다.

그는 그대로 그것을 손에 움켜쥔 채 공연히 망설이다가 이웃집을 향하여 갔다.

그는 가는 길 으슥한 곳에서 그것을 펴 보았다. 그는 그것을 펴 보다가 마치 무슨 기운에 눌리는 사람같이 가슴이 설렁하여지며 눈이 등잔만 하여지더니 뒤로 물러서며,

"에구."

하였다. 그의 손에는 시퍼런 10원짜리 석 장이 묻어 나왔다.

"이건 잘못했구나."

그는 그대로 서서 오도 가도 못 하였다.

자기가 요구하던 것은 그것의 몇 분의 일에 지나지 않는다. 이
것은 보기만 해도 무서울 만치 많은 돈이다. 그러나 이것을 지금
에 도로 갖다줄 수도 없고 또 그대로 있을 수도 없다. 그는 한참이
나 떨리는 손을 진정치 못하다가 그대로 눌러 생각해 버렸다.

'술 깨기 전에 갖다주지. 그리고 쓴 것은 말을 하면 되겠지.'

그는 마음을 억지로 가라앉히고 이웃집 문간에 왔다.

그는 전번에 왔을 적이나 별로이 틀림없는 수줍음과 두근거리
는 마음으로 발을 들여놓았다.

그는 술을 청했다. 술을 청하는 것보다도 이화를 부르는 것이었
다. 그러나 아래채 조용한 방에서 분명히 이화의 목소리로 소리하
는 모양인데, 나오지를 않고 다른 여자가 나와 맞았다.

방은 전에 그 방이다. 발*을 늘여서 안에 있는 것이 바깥에서 보
인다.

그는 기대가 틀어진 것에 낙심을 하고 어떻든 술을 청하였다.

그새 여자가 술상을 들고 들어오며 형근을 아래위로 훑어보더
니,

"혼자 오셨어요?"

하였다.

"그럼 여러 사람이 다닙니까?"

• 발 가늘고 긴 대를 줄로 엮거나, 줄 따위를 여러 개 나란히 늘어뜨려 만든 물건.

그 계집은 손으로 입을 막고 웃었다.

"자, 드시죠."

"술도 급하지만 나는 이화를 보러 왔소."

그 계집은,

"네?"

하더니 또 웃는다.

"저는 인물이 못생겼죠? 언젯적부터 이화와 가까우시던가요?"

형근은, 자기는 좀 점잖이 말을 하는데 그 계집이 실없이 하니까 속으로 화는 나지만 위엄을 보일 수가 없다.

"이화가 어디 갔소? 잠깐 보자는 이가 있다고 하구려."

그 계집은 문을 열고 나가더니 온 집안이 다 들리게,

"이화 언니! 이화 언니! 당신 나지미* 왔소. 어서 나오."

하며 깩깩거리며 웃는다.

이화는 무슨 영문을 모르는 듯이, 어떤 손님과 자별하게 이야기를 하다가 문을 열고 고개를 내밀면서,

"무어야? 얘가 왜 이래! 실성을 했나?"

하고 형근의 앉아 있는 방을 올려다보고는,

"응, 저이가 왔군."

싱겁게 혼잣말을 하고 다시 돌아앉으니까, 함께 한방에 있던 젊

• 나지미 '정든 사람', '단골' 등을 뜻하는 일본어.

은 사람(면서기 같은)이 마주 기웃하고 내다보더니,

"저것이 나지미야?"

하고 비웃는다.

"온…… 이 주사도! 아무렇기로 내가……."

할 때,

"글쎄, 꼭 봐야 하겠다니 좀 가봐요."

하며 그 계집이 지근거린다*.

"나를 그렇게 봐서 무엇을 한다더냐?"

하고 이 주사라는 자의 눈치를 보는 것이, 그의 눈을 졸이는 모양이다.

"가봐 주지. 그것도 적선인데……. 내 앞이 되어서 몹시 어려워하는 모양이로군. 그럴 것 무엇 있나?"

"온, 말씀을 해두 왜 그렇게 하시우. 누구는 끈에 매놓았습디까? 나 하고 싶은 대로 하고 지내지. 몇십 년 사는 인생이라구?"

"그러나 대관절 어떤 자야?"

"고향서 이웃집 사는 사람야."

이러는 동안에 형근은 아무도 없는 빈방에 혼자 앉아 술상만 대하고 있으려니까 싱거웁고 갑갑하고 역심*이 나서 올 수도 없고

• 지근거리다 성가실 정도로 은근히 자꾸 귀찮게 굴다.
• 역심 상대편의 말이나 행동에 반발하여 일어나는, 비위에 거슬리는 마음.

갈 수도 없다. 그뿐이면 고만이게. 이화라는 년은 다른 놈하고 앉아서 자기 방을 치어다보는 것이 마치 창살 속에 넣어놓은 청국 사람의 원숭이같이 대접을 하는 것 같아서 속으로 분하고 아니꼬운 증이 나며,

'천생 타고난 기질을 어떻게 하니? 창기는 판에 박은 창기 년이다.'

속으로 이렇게 중얼거리는데, 자기 방 계집이 쭈르르 다녀오더니,

"심심하셨죠? 이화는 인제 옵니다."

하고 술을 따라놓더니,

"과일 잡숫고 싶지 않으세요? 과일 좀 들여오죠. 이화도 오거든 같이 먹게요."

하더니 제멋대로 이것저것 들여다 놓고 먹어댄다.

아무리 기다려도 이화는 오지 아니한다. 여전히 아랫방에서 그 자와 이야기를 하는 모양이다. 형근은 혼자서 술을 먹을 수가 없어서 그 계집과 서로 대작을 하였다. 그 계집은 어수룩하고 아직 경험 없는 것을 알아채고 어떻게 해서든지 형근의 주머니를 알겨낼* 생각이다. 주제를 보아서 아직 극단의 수단을 내어놓지 않는다.

한 시간이 지나갔다. 형근은 다시 그 계집에게 이화를 불러달라

* 알기다 조금씩 갉아내거나 빼내 가지다.

207

고 청을 하였다. 그 계집은 술잔이나 들어가더니 형근의 말을 안 듣고 요리 핑계 조리 핑계 한다. 형근도 술잔이나 들어가니까 객기가 나지 않는 것도 아니다.

"가 불러와."

그는 소리를 질렀다.

"싫소."

"왜 싫어?"

윗방에서 왁자하는 것이 자기 때문인 것을 알아챈 이화는 문을 열고 나왔다.

"어딜 가?"

면서기는 어느덧 술이 곤죽˙이 되어 드러누웠다가 이화의 치마를 잡았다.

"잠깐만 다녀올 테니 놓으세요."

"안 돼."

이화는 팩한˙ 성미에 흥허물없는 것만 믿고 치마를 뿌리쳤다.

"안 되기는 왜 안 돼요. 잠깐 다녀온다는데. 누가 삼십육계를 하나?"

면서기는 노했다. 그대로 일어섰다. 이화는 형근의 방으로 안

˙ 곤죽 몸이 지치거나 주색에 빠져서 늘어진 모습을 비유적으로 이르는 말.
˙ 팩하다 갑자기 성을 내다.

들어가고 안으로 들어가 버렸다.

술 취한 면서기는 다짜고짜로 형근의 방 발을 집어 던졌다.

"이놈아! 이런 건방진 자식이! 술잔이나 먹으려거든 국으로* 먹
으러 다녀. 너 이화는 봐서 무얼 할 모양이냐? 상판 생긴 것하고!
그래도 무엇을 달았다고 계집 맛은 알아서. 놈 계집 궁둥이 따라
다닐 만하다."

형근은 기가 막혀 치어다볼 뿐이다.

"이놈아, 왜 눈깔을 오랑캐* 뜨고 보니? 내 얼굴에 무엇이 묻었
니? 에 튀튀."

면서기는 침을 방에다 막 뱉는다.

"대관절 이화 어디 갔니, 응? 이화 어디 갔어?"
하고 호통이다. 온 집 안 사람이며 술 먹으러 온 사람들이 모여들
었다.

이화는 이 소리를 듣더니 뛰어나오며 면서기를 달래고 형근에
게 연해 눈짓을 하였다.

"글쎄 이 주사 나리. 이게 무슨 짓요? 약주 취했소? 어서 저 방
으로 가시우."
하고 이 주사에게 매달린다.

- **국으로** 제 생긴 그대로. 또는 자기 주제에 맞게.
- **오랑캐** 어떤 의미로 쓰였는지 확실치 않으나, 오랑캐를 대하듯 적대시한다는 표현인 듯
  하다.

"대단 미안합니다. 점잖으신 이가 약주가 취해서 그러신 것을……. 서로 참으시지…… 그렇죠? 어서 약주나 자시지요."

면서기는 그래도 여전히 형근을 보고 놀려댄다.

"이놈아! 네가…… 이놈 노동자가 감이 누구 앞에서 이따위 짓을 해? 흥."

형근의 인습 관념에 젖어 있는 젊은 피는 끓었다. 그는 결코 자기가 노동자는 아니다. 양반의 자식이요 행세하는 사람이다. 몸은 비록 흙 속에 파묻혔으나 마음과 기운은 살았다.

"무엇? 노동자?"

형근에게는 그 외에 더 큰 모욕이 없었다. 그는 면서기를 향하여 기운에 타는 두 눈을 부릅떴다.

"그래 이놈아. 네가 노동자가 아니고 무엇야?"

"글쎄 그만들 두세요. 제발 저 방으로 가세요."

하며 이화는 가운데 들어섰다. 형근은 이화를 뿌리쳤다.

그는 이화를 뿌리칠 때 '더러운 년! 갈보*년!' 하는 소리가 입으로 나오지는 아니하였으나, 그의 온 전신을 귀퉁이 귀퉁이 속속들이 울리는 것 같았다.

형근은 이화를 뿌리치던 손으로 이 주사라는 자의 따귀를 보기 좋게 붙이니까 그대로 땅에 나가 뒹굴었다.

• 갈보 남자들에게 몸을 파는 여자를 속되게 이르는 말.

"이놈 봐라. 사람 친다."

하더니 면서기는 윗옷을 벗고 덤비었다.

"어디 또 한번 때려봐라."

하고 주먹을 들고 덤비려고 사릴˚ 제, 옆엣방에서도 툭 튀어나오고 대문에서도 쑥 들어서는 사람들의 눈은 횃불같이 타면서 형근을 훑어보더니 다시 이 주사를 보고,

"다치지나 않았소? 대관절 어찌 된 일요? 말을 좀 하시구려."

옆에 섰던 이화도 말을 아니 하고 그 계집도 말이 없다.

"대관절 손을 먼저 댄 게 누구야?"

하며 형근을 보더니, 그중에 9척같이 키가 크고 수염이 더부룩한 자가 들어서더니,

"여보, 이 친구! 젊은 친구가 술잔이나 먹었으면 곱게 삭일 일이지, 누구에게다 손찌검하고…… 흥, 맛 좀 보련."

하더니 넉가래˚ 같은 손이 보기 좋게 따귀를 붙이는데, 눈에서 불이 나며 입에서는 에구구 소리가 저절로 난다. 그는 아무 말 없이 볼따구니만 쥐고 있다.

그러려니까 연신 번갈아 가며 주먹과 발길이 들어오는데, 정신이 아뜩아뜩하고 앞이 보이지를 않는다. 그는 에구구 소리만 지르

• **사리다** 어떤 일에 적극적으로 나서지 않고 살살 피하며 몸을 아끼다.
• **넉가래** 곡식이나 눈 따위를 한곳으로 밀어 모으는 데 쓰는 기구. 넓적한 나무 판에 긴 자루를 달았다.

211

면서,

"글쎄 나는 잘못한 게 없습니다."

하고 빌어대면,

"이놈아, 잔말 말어. 너도 세상맛을 좀 알아야 하겠다."

하고 한 개 더 붙인다. 옷은 갈가리 찢어지고 얼굴에서는 피가 흐른다.

이화는 후닥닥거리는 서슬에 마루 끝에 서서,

"여보, 박 서방! 가서 순사를 불러오. 아단났소. 그저 고만두시라니까 그러는구려."

할 때, 형근은 순사라는 소리가 귀에 들릴 제 그는 꿈에서 깬 것같이 정신이 났다.

'이화가 나를 순사에게!'

하고 얻어맞는 중에서도 온 기운을 다 내었다. 초자연의 기운은 그를 거기서 뛰어 여러 사람을 헤치고 문 밖으로 뛰어나갈 수 있게 하였다.

그는 눈 딱 감고 뛰었다. 그러나 때는 늦었다. 문간에 나가자 그 집으로 들어오는 사람이 있었다. 그러나 형근은 그것도 못 보았다. 들어오던 사람은 형근을 보더니 재빠르게 뒤를 따랐다.

형근의 다리는 마치 언덕 비탈을 몰려 내려가다 다리의 풀˙이

* 풀 기운.

212

빠진 사람처럼 곤두박질을 하였다.

그의 눈에는 아무것도 보이지 않고, 집이나 사람이나 전깃불이 별똥 떨어지듯이 휙휙 지나갈 뿐이다.

뒤에서는 여전히 따라왔다.

"도적야!"

달아나며 이 소리를 귓결에 들은 그는,

'응, 도적?'

'그러면 나를 쫓아오는 것이 아닌 게지.'

그의 머릿속에서는 자기가 지금 어째 도망을 하는지, 그 본능은 있었을지언정 의식은 없었던 모양이다.

그러나 그는 다만,

'나는 도적이 아니다.'

하면서도 달음질을 여전히 하였다.

그는 어느덧 움 앞에 왔다. 그는 친구의 이름을 부르고 그 자리에 기진해 자빠져서 기운을 잃었다.

경관과 형사는 그 몸을 뒤져 동향 친구에게 지갑을 보이고,

"당신이 찾던 것이 이것이요? 꼭 틀림없소?"

동향 친구는 눈이 뚱그레서,

"형근이가 그랬을 리가 없는데요."

하니까,

"듣기 싫어. 물건을 찾으면 그만이지. 맞느냐 말야?"

하며 경관은 흩뿌린다.

"네."

친구는 가까스로 대답을 하더니,

"그런 줄 알았다면 경찰서에도 알리지 않을걸."

하며,

"여보게, 형근이. 정신 차려. 일어나서 말이나 좀 하세. 속 시원
하게. 도무지 이게 웬일이란 말인가?"

하며 비쭉비쭉 운다.

형근은 아직까지도 깨지 못하고 그대로 누워 있다.

7

형근은 그날로 경찰서 구류간*에서 잤다. 어려운 취조가 끝난 뒤
에 형근은 검사국으로 넘어갔다.

그 이튿날 신문에는 아래와 같은 신문 기사가 났다.

○○○ 출생으로 철원군 ○○○리에서 노동을 하는 지형근(池亨
根)(○○)은 지난 ○월 ○일 자기 동향 친구의 주머니에 있는 30원

• **구류간** 구류(죄인을 1일 이상 30일 미만의 기간 동안 교도소나 경찰서 유치장에 가두어
자유를 속박하는 일)에 처한 범인을 가두어 두는 곳.

을 그 친구가 술이 취하여 자는 틈을 타서 절취하여다가 ○○이화
라는 술집에서 호유하다가* 철원경찰서 형사에게 체포되어 취조를
마치고 검사국으로 압송하였다더라.

《나도향 대표 12단편선》(문원출판사, 1976)에 실린 작품을 바탕으로 함.

• **호유하다** 호화롭게 놀다.

작품 이해하기

이 소설은 1926년 《조선문단》에 발표된 작품이다. 몰락한 양반 가문의 후손인 지형근이 노동자 신세로 전락해 가는 과정, 자신의 현실적인 처지를 인지하지 못하고 과거의 낡은 관념 속에 매몰되어 살아가는 모습을 사실적으로 그리고 있다.

　지형근은 집안이 몰락하여 돈을 벌기 위해 철원으로 떠난다. 노잣돈도 거의 없어 예전에 하인으로 부리던 김 서방에게 돈을 빌린다. 그런 과정에서 신분이 역전된 현실을 깨닫고, 돈을 벌어서 다시 문벌을 일으키겠다고 생각한다. 예정보다 사흘 늦게 철원에 도착한 형근은 짐승 우리 같은 숙소를 보며 환멸을 느끼지만, 숙소 사람들과 어울리면서 오히려 연민을 느끼기도 한다. 아직은 현실을 제대로 인식하지 못하고 있는 것이다.

　새로 들어온 지형근은 노동자들의 먹잇감이 되어 일자리가 있다는 말을 듣고 조 주사를 따라나선다. 조 주사는 일자리를 알려주기는커녕 형근의 옷을 팔아 술집에 간다. 그곳에서 형근은 이화를 만나고, 그녀가 동향 사람임을 알고 이화의 내력을 묻는다. 형근은 어쭙잖게 창기가 된 이화에게 부모의 이름을 더럽히는 것이라고 훈계한다. 이화는 눈물을 흘리지만 형근은 그 눈물의 의미를 알지 못한다. 형근은 여전히 봉건 의식에서 벗어나지 못하고 있는 것이다.

이화는 형근에게 나중에 한번 따로 오라고 말한다. 밖으로 나온 조 주사는 어디를 잠깐 다녀오겠다고 말하더니 그대로 사라진다. 숙소로 돌아온 형근은 고향 친구에게 거짓말을 한다. 형근은 자신이 사람들에게 이용당하고 있다는 것을 깨닫고 부끄러워한다. 고향 친구는 사람들을 조심해야 한다며 조 주사와 어울리지 말라고 충고한다.

형근은 이화에 대한 연정이 생겨 어떻게든지 만나고 싶어 술집을 얼쩡거린다. 하지만 이화도 만나지 못하고 열흘이 지나도록 일자리를 구하지 못한다. 숙소에 남아 있던 다른 사람들의 말을 듣고, 가을에는 큰돈을 벌 수 있다는 희망에 부푼다. 그날 저녁, 형근은 고향 친구에게서 금화에 좋은 일자리가 생겼다는 말을 듣고 함께 떠나기로 약속한다. 하지만 앞으로 이화를 못 볼지도 모른다는 생각에 고민하고, 술에 취한 친구의 지갑에 손을 댄다. 신분의 몰락뿐만 아니라 도덕성도 지키지 못하는 존재로 전락한 것이다.

형근은 그 길로 이화를 만나러 가지만 한 시간이 넘도록 만나지 못한다. 이화와 동석해 있던 면서기는 이화가 나가려고 하자 형근에게 행패를 부린다. 형근은 자신을 노동자라고 부르는 면서기를 때리고 장정들에게 끌려 나와 매를 맞는다. 여전히 의식 속에서는 현실을 인식하지 못하고 봉건적인 관념에 빠져 있었던 것이다. 형근은 도망쳤으나 곧 순사에게 붙잡힌다. 고향 친구는 지갑을 훔친 이가 형근이라는 것을 알고 당황한다. 이튿날, 신문에는 형근에 대한 기사가 난다.

이 작품은 나도향이 생애 마지막으로 발표한 소설로, 지형근이라는 인물을 내세워 과거 문벌에만 사로잡혀 시대착오적인 삶을 살아가는 모습을 비판하고 있다. 지형근은 노동자로 전락한 처지임에도 과거의 문벌 의식에만 집착해 살아가는 까닭에 비판의 대상이 되고 있다. 이와 함께 나도향은 일거리를 찾아 노동자들이 몰려드는 모습과 실업자들이 넘쳐나는 일제강점기의 궁핍한 시대적 현실을 사실적으로 그려내고 있다.

이 작품에는 일제강점기의 배금주의 풍조, 실업에 허덕이는 노동자들의 현실, 시대의 변화에 기인한 신분 제도의 해체와 같은 사회상이 담겨 있다. 또 이러한 시대 흐름의 변화를 읽어내지 못하는 어수룩한 주인공의 왜곡된 가치관이나 현실 인식이 적나라하게 드러난다.

작품 깊이읽기

몰락한 양반 지형근

지형근은 원래 지주의 아들로 태어났지만, 아버지가 돌아가신 후 집안이 몰락하면서 노동자가 된다. 그는 여전히 자신이 양반이라는 생각을 가지고 있지만, 세상 물정을 모르는 가난한 백수일 뿐이다. 그에게 지금 가장 중요한 것은 가장의 책임을 다하는 것이다. 그 때문에 그는 노동자로 나서게 된 것이다.

지형근은 돈을 벌기 위해 철원으로 향한다. 철원에 도착해 일거리를 구하려고 하지만 그를 기다리는 건 냉혹한 현실이었다. 그는 어수룩하게 다른 노동자들에게 끌려다니며 돈을 다 없애고 빈털터리가 된다. 그러나 그는 여전히 과거 자신이 누렸던 풍족한 삶에 대한 향수로 인해 현실의 모습을 제대로 인식하지 못하고 있다.

역전된 신분 질서

지형근은 철원으로 일하러 가는 도중에 김 서방을 찾아간다. 그에게서 돈을 얼마간 빌릴 수 있을 것이라고 생각했기 때문이다. 김 서방이 과거에 자기 아버지 덕을 보았으니 당연히 자기를 도와줄 것이라 여겼다. 지형근은 현재 부자가 된 김 서방에 대해 자신이 아직도 상전이라는 의식을 가지고 있는 것이다.

하지만 김 서방은 지형근을 애매하게 대하고, 과거 주인집 아들이 자기에게 손을 벌릴 만큼 잘살게 된 것을 자랑스러워한다. 시대의 변화를 깨달으며 만족하고 있는 것이다. 김 서방은 지형근이 부탁한 돈의 삼분의 이만 주면서 생색을 내고는 웃으면서 보낸다. 상황을 깨달은 지형근은, 다시 돈을 벌어 옛날의 문벌을 회복하고 남도 부려보리라고 마음먹는다. 지형근에게는 돈이 제일이라는 자본주의적 사고와 문벌을 회복하겠다는 유교적 사고가 공존하고 있다.

철원의 공간적 의미는?

'동양척식주식회사'는 조선을 경제적으로 수탈하면서 일본의 식민지화에 앞장선 회사이다. 토지 매입뿐만 아니라 철도, 금융, 고리대, 주택, 부동산 중개, 임업, 축산업, 광업, 제조업, 전력 등 모든 분야에서 수탈을 했다. 이때 철원은 일제가 수탈을 효율적으로 하기 위해 철도를 건설했던 곳이다. 이로 인해 급격히 도시가 커지며 일자리가 생겨났다. 노동자들은 일거리를 찾아 고향을 떠나 이곳으로 왔고, 지형근도 그중 한 사람이었다. 철원은 지형근이 일확천금을 꿈꾸는 공간인 동시에, 현실의 가혹함을 일깨워주는 곳이기도 하다.

지형근은 노동자로 전락해 철원으로 들어가 일자리를 찾지만, 마땅히 일거리가 없어 돈을 벌지 못하는 상황이다. 따라서 철원은 일제강점기에 일거리를 찾아 노동자들이 몰려드는 모습과 실업자들이 넘쳐나는 당대의 궁핍한 시대적 현실을 잘 드러내고 있는 상징적 공간이라 할 수 있다.

이화는 타락한 인물일까?

이화는 지형근과 한 동리 고향에서 함께 자랐다. 가문 있는 집안에서 곱게 자란 딸이었으나, 아버지가 돌아가시고 난 후 가세가 기울어 결국 기생이 되고 말았다. 그녀가 창기가 되기까지의 과정은 알 수 없으나, 가난 때문이었을 것이다. 궁핍한 가정을 위해 자기 몸을 희생한 것이 아닐까? 이렇게 창기가 된 이화는 정말 윤리적으로 타락한 인물로 보아야 할까?

먼저 이화가 창기가 된 것은 시대와 환경 탓이 크다고 할 수 있다. 밥과 돈을 얻기 위해 기생의 길로 접어들 수밖에 없었던 궁핍한 시대의 척박한 생존 상황이 원인이라면 타락했다고 비난할 수는 없을 듯하다. 하지만 형근은 이화가 타락하게 된 것이 이화 자신의 개인적 문제 때문이라고 여긴다. 그래서 그녀를 꾸짖고 충고한다. 이화 스스로도 어쩌지 못하는 현실에 대해 아무런 해결책을 제시해 주지 못하면서도 훈계를 하고 있는 것이다. 형근 앞에서 우는 이화를 보면, 얼핏 그녀가 반성하는 것으로 보이기도 한다. 하지만 그것은 형근의 말에 동의한다기보다는 자신의 처지에 대한 한탄에 가까운 것이 아닐까?

형근은 창기가 된 이화가 음탕한 죄인이라고 여기면서도 한편으로는 그녀를 성적으로 간절히 원한다. 철원을 떠나면 다시 못 만날지도 모른다는 생각에, 형근은 이성적 판단을 잃고 친구의 지갑을 훔쳐 이화를 만나러 간다. 이화의 도덕적 타락을 문제 삼던 형근이 자신의 욕망을 억누르지 못하고 '절도범'이 됨으로써 도덕적 타락의 당사자로 전락해 버린 셈이다.

일제강점기 노동자들의 삶은?

지형근은 노동자가 되어, 이 시대에는 무엇보다도 돈이 있어야 하며 돈만 있으면 무엇이든지 된다는 생각을 가진다. 이는 삶의 목적이 '돈'이라는 근대화의 왜곡된 배금주의 풍조를 잘 보여주는 것이다. 철원의 노동자 숙소에 있는 다른 사람들도 형근과 다를 바 없다. 그들에게 새로 온 노동자는 먹잇감에 불과하다. 이런 사정을 알 리 없는 형근은 순진하게 이들의 꼬임에 넘어가, 가지고 있는 모든 돈을 탕진하게 된다.

철원에 온 노동자들은 지형근처럼 일확천금의 부푼 꿈을 안고 고향을 떠나왔지만, 늘어나는 노동자들에 비해 일자리는 부족하고 점점 임금마저 낮아져 돈을 번다 하더라도 모으지 못하는 형편이다. 가난에서 벗어나기는커녕 점점 더 몰락하고 타락해 갈 뿐이다. 이런 노동자들의 상황은 일제강점기의 현실이 인간의 삶을 얼마나 피폐하게 만들고 있는지를 보여준다. 궁핍한 생활은 생존을 위협하는 문제이기 때문에, 도덕성을 지키기 어렵게 만들고 있는 것이다.

　신분 질서의 해체와 같은 시대적 변화 속에서, 몰락한 양반들이 생계를 위해 노동자가 되기도 했다. 주인공인 지형근은 노동자가 되어서도 과거 자신이 누렸던 풍족한 삶에 대한 향수로 인해 여전히 현실에 적응하지 못하는 경우를 상징적으로 보여주는 인물이라 할 수 있다.

나도향을 읽다

1판 1쇄 **발행일** 2021년 6월 14일

지은이 박기호

발행인 김학원
발행처 (주)휴머니스트출판그룹
출판등록 제313-2007-000007호(2007년 1월 5일)
주소 (03991) 서울시 마포구 동교로23길 76(연남동)
전화 02-335-4422 **팩스** 02-334-3427
저자·독자 서비스 humanist@humanistbooks.com
홈페이지 www.humanistbooks.com
유튜브 youtube.com/user/humanistma **포스트** post.naver.com/hmcv
페이스북 facebook.com/hmcv2001 **인스타그램** @humanist_insta

편집책임 문성환 **편집** 김사라 **디자인** 이수빈
용지 화인페이퍼 **인쇄** 청아디앤피 **제본** 정민문화사

ⓒ 박기호, 2021

ISBN 979-11-6080-657-1 43810